L'HOMME ULTIME

L'AMI D'ARNO PENZIAS

LES MONDES

LES TERRES RECULEES

LE SORTILEGE DU TEMPS

DAISY

Philippe ABOUAB

LE SORTILEGE DU TEMPS ET AUTRES NOUVELLES

L'Homme ultime — p. 7

L'ami d'Arno Penzias — p. 31

Les mondes — p. 55

Les terres reculées — p. 71

Le sortilège du temps — p. 83

Daisy — p. 103

© Philippe ABOUAB, 2019
SACD n° 341438 et 350248

Édition : BoD · Books on Demand, 31 avenue Saint-Rémy, 57600 Forbach, bod@bod.fr
Impression : Libri Plureos GmbH, Friedensallee 273, 22763 Hamburg (Allemagne)
ISBN : 978-2-3225-7861-0
Dépôt légal : juin 2025

Le Code de la propriété intellectuelle interdit les copies ou reproductions destinées à une utilisation collective. Toute représentation ou reproduction intégrale ou partielle faite par quelque procédé que ce soit, sans le consentement de l'auteur ou de ses ayants cause, est illicite et constitue une contrefaçon sanctionnée par les articles L335-2 et suivants du Code de la propriété intellectuelle.

À Claire, Nathalie, Delphine et Nicolas

L'HOMME ULTIME

I

Après des millénaires chaotiques, l'homme parvint à la limite extrême de son évolution. Ses facultés cessèrent de se développer dans un sens ou dans un autre pour s'établir à un point d'équilibre stable. Il était désormais au taquet !

Surgie du néant par le plus grand des hasards, l'humanité avait exploré le champ de tous les possibles, expérimenté les voies les plus prometteuses, pour choisir celle qui coïncidait le mieux à sa nature profonde, à son essence. Alors qu'on avait longtemps cherché à connaître son impénétrable destin, on en arrivait au bout.

Dans le monde ultime, les problèmes d'ordre social, sanitaire et politique étaient résolus. Les crises résultant des calamités de toutes sortes avaient été endiguées, les relations internationales apaisées, et les frontières n'étaient plus des barrières derrière lesquelles les frilosités s'exacerbaient – on pouvait enfin séjourner sans visa là où bon nous semblait.

L'économie globalisée avait permis aux niveaux de vie des peuples de converger, et aux peuples eux-mêmes de se rapprocher. Petit à petit, ce niveau avait fini par atteindre une hauteur suffisante pour contenir les grands flux migratoires. Réduits à peau de chagrin, ceux-ci ne reflétaient plus que les incompressibles allées et venues nécessaires à la bonne tenue des affaires et aux visites d'agrément.

La population mondiale avoisinait les 11 milliards d'habitants. Ce seuil, qui avait fait l'objet d'études poussées, était celui au-delà duquel les ressources de la planète devaient s'épuiser – un contrôle des naissances plus ou moins consenti garantissait son respect. Malgré ce chiffre considérable, les progrès techniques permettaient de satisfaire à toutes les exigences en matière de bien-être et de santé.

Tandis que l'existence n'était plus ce perpétuel combat où les hommes devaient lutter les uns contre les autres pour conserver un peu de dignité et avoir droit à une part du gâteau, une conscience identitaire s'était développée cahin-caha par-delà les peuples et les communautés qui, rassurées chacune de leur côté, devenaient solidaires.

Pour maintenir ce précieux équilibre, une instance supranationale s'imposa...

L'IS[1] avait pour mission d'éliminer les grains de sable susceptibles d'enrayer la marche harmonieuse du monde. Dans ce but, elle faisait tourner en permanence ses puissants ordinateurs et réglementait tous azimuts. Elle prévoyait les

---

[1] IS : Instance Supranationale

besoins et anticipait les tendances à venir. En résumé, elle balisait le terrain et fixait les règles du jeu pour une saine répartition de la croissance.

Quant à ses recommandations, scrupuleusement suivies, elles n'avaient rien d'inaccessible puisqu'en toute chose elles étaient le reflet d'une moyenne – établie à partir des scénarios les plus vraisemblables.

Mais le rôle de l'IS ne se bornait pas à calculer des normes et des besoins. Le plus lourd de sa tâche consistait à déterminer ce qui, comme l'étoile polaire scintillant au lointain du firmament, avait toujours servi de cap à l'activité humaine. Autrement dit, sa principale mission était de façonner des idéaux propres à séduire le plus grand nombre sur la base de ce qui, au vu de ses savantes projections, paraissait souhaitable.

Une bonne partie de son intelligence artificielle était consacrée à ce travail d'une complexité inouïe, d'autant que ces idéaux syncrétiques devaient être actualisés en permanence. Et il fallait bien tout le talent des meilleurs, aidés des machines les plus sophistiquées, pour s'y atteler.

Du reste, c'était si difficile que certains artifices étaient parfois nécessaires pour obtenir un résultat convenable, et il n'était pas rare d'introduire des paramètres exotiques dans les équations afin de simplifier les modèles et les rendre opérationnels.

Ainsi, par un bel après-midi d'automne, Alan Brain, un jeune prodige recruté par les bureaux de l'IS à Londres, fit une découverte stupéfiante… À force de triturer les formules dans tous les sens, il se rendit compte fortuitement qu'il y avait une variable tout à fait inattendue dont il suffisait d'ajuster correctement la valeur pour que tout fonctionne à la perfection. Cette variable primordiale, qui avait jusqu'ici échappé à la sagacité de ses pairs, était... la mauvaise conscience !

Mais comment agir à grande échelle sur la mauvaise conscience quand, par définition, elle est un caractère personnel ? Cette question mobilisa les ressources de l'IS jusqu'à ce qu'une réponse appropriée y soit apportée. Il était en effet essentiel que la découverte d'Alan Brain puisse être exploitée, car elle donnait aux modèles informatiques une justesse inégalée.

II

Il y eut beaucoup d'effervescence au siège de l'IS quand on apprécia véritablement la portée de cette miraculeuse trouvaille. Les performances qu'elle permettait d'obtenir étaient, purement et simplement, extraordinaires ! On se demandait même comment on avait pu passer à côté alors que, dès qu'Alan Brain l'eût démontrée, l'importance de ce paramètre tombait sous le sens. Mais c'est une chose commune aux grandes découvertes : Ce qu'elles pointent est devant nos yeux, mais personne ne le voit avant qu'un esprit lumineux ne l'éclaire pour le monde.

Restait donc à trouver comment contrôler le niveau de mauvaise conscience à l'échelle planétaire. Or, de ce côté-là, les recherches patinaient. À telle enseigne que le grand état-major de l'IS lui-même dut intervenir. Et, comme il se doit, sa première initiative fut de s'assurer que le problème soit abordé sous le bon angle. On devait d'abord en discuter avant d'aller plus loin.

Étant donné l'enjeu, le débat prit rapidement les allures d'un aggiornamento. Les sommités qui y participèrent voulurent absolument tout mettre sur la table afin de régler certains problèmes de gouvernance et se poser les bonnes questions – y compris celle de savoir si *tous* les leviers disponibles pour préserver l'équilibre dont ils

étaient en charge avaient bel et bien été mobilisés !
Et force fut d'admettre que non.

Après de vifs échanges, et puisqu'il fallait de toute façon maîtriser le niveau de mauvaise conscience de la population mondiale, les membres de cet éminent cénacle ouvrirent enfin la voie à une solution.

Ils convinrent bon gré mal gré qu'il serait tout à fait possible de moduler la pression sociale à un degré tel qu'un nombre plus ou moins grand d'individus y soient sensibles… Les convenances, l'injonction tacite de ne pas faire de vagues et de se conformer à l'ordre établi pourraient ainsi avoir une résonance variable chez chacun d'eux et déclencher (ou non) les mécanismes psychiques qui activeraient leur mauvaise conscience. Celle-ci agirait alors comme un ressort qui les ramènerait sur les rails – ce qui rentrait en plein dans les attributions de l'IS ! L'affaire fut entendue.

Certes, ce dosage devait être très fin car, on le comprend, il pouvait avoir une incidence sur une infinité d'interactions au quotidien. Mais les chercheurs et les ingénieurs de l'IS avaient ça à l'esprit. Pour garantir une fine modulation de la pression sociale, ils préconisèrent la création d'instituts spécialisés dans l'évaluation du niveau de mauvaise conscience générale – niveau qui serait mesuré en continu sur un échantillon représentatif de femmes et d'hommes.

Maillons essentiels dans l'optimisation des modèles de l'IS, ces instituts de sondage s'implantèrent rapidement au cœur des grandes villes.

Consortium-Opinion s'installa à Paris pour les besoins de la cause. Au vu de l'importance des données recueillies, son fonctionnement faisait l'objet de contrôles rigoureux. Autant dire que tous ses brillants collaborateurs étaient tenus collégialement responsables de la qualité de l'information délivrée à l'IS.

C'est parce qu'il aimait les contacts humains que Cédric répondit à l'annonce de Consortium-Opinion. Bien que les critères de sélection aient été nombreux, les candidatures avaient afflué. Mais, en la circonstance, les prérequis en matière de diplôme ne suffisaient pas, la personnalité des candidats importait davantage. Il était en effet essentiel que ces sondages soient réalisés par des individus de grande moralité – condition que Cédric remplissait parfaitement.

Une solide formation de sondeur fut dispensée aux chanceuses recrues dès leur arrivée. Outre les entretiens qu'ils devaient réaliser, leurs remontées du terrain contribuaient aussi à l'amélioration du questionnaire qui leur servait de guide et, si les remarques s'avéraient pertinentes, elles étaient prises en compte dans la version suivante du questionnaire – ce dont tous étaient fiers.

Sa période d'apprentissage terminée, Cédric fut heureux de passer de la théorie à la pratique. Chaque matin, avec entrain, il partait à la découverte de nouveaux visages, de nouveaux secteurs d'activité dont il ne soupçonnait même pas l'existence.

Il en apprenait tous les jours sur des métiers si éloignés du sien qu'il se désespérait parfois de ne rien savoir. En revanche, de retour chez lui, il racontait avec enthousiasme ses enrichissantes rencontres à sa compagne Priscilla.

Elle qui s'occupait de la maison était subjuguée par par tant d'étrangetés, ce qu'elle entendait était autant de fenêtres ouvertes sur le monde. Sans s'en vanter outre mesure, elle ne pouvait s'empêcher de ressentir de l'orgueil quand elle disait où travaillait son mari.

Son job, pour autant, n'était pas de tout repos. Les sondés n'avaient pas beaucoup de temps à lui consacrer et ses questions comportaient des aspects qui, somme toute, les mettaient mal à l'aise. Néanmoins, ces derniers se sentaient flattés qu'on s'intéresse à eux, et le fait que leurs réponses puissent contribuer à améliorer la vie sociale compensait partiellement le dérangement.

Avec l'expérience, Cédric se passionna pour son travail qui lui apportait d'autant plus de satisfaction qu'il en maîtrisait les difficultés. De son point de vue, l'intérêt de son métier était surtout d'offrir un poste d'observation privilégié sur la société. Il en prenait le pouls du matin au soir et avait un peu l'impression d'être à son chevet. Avide de découvertes, il prit vite goût à cette forme d'auscultation quotidienne qui lui donnait l'occasion de connaître les états d'âme de ses concitoyens. Mais un beau jour, il fut pris d'un affreux doute, et sa vie bascula...

Son activité commença à lui poser problème quand, au cours de ses visites, il s'aperçut qu'un nombre considérable de gens talentueux et de bonne volonté étaient mis sur la touche. Ceux-là n'avaient pas démérité, ils se distinguaient plutôt par une certaine hauteur de vue, une solide culture ou encore une capacité à faire bouger les choses. Or c'était précisément cela qui, à chaque fois, paraissait ne pas aller. Pour réussir, on ne leur demandait pas de se distinguer mais de rester dans la moyenne, celle brandie par l'IS comme un étendard.

Dès lors, le ver était dans le fruit. Cédric continua à remplir scrupuleusement ses questionnaires mais son attention ne se porta plus sur les mêmes points qu'avant. Quand le cas se présentait, il cherchait plutôt à savoir ce qui justifiait la bonne image dont se targuait untel, ou les motifs d'avancement dont se vantait un autre.

Évidemment de nombreux paramètres entraient en ligne de compte, mais il remarqua que ce n'étaient jamais l'intelligence, le dévouement, le courage ou même l'intégrité qui expliquaient les réjouissantes perspectives de ses interlocuteurs, au contraire...

Ce qui importait pour se démarquer favorablement semblait d'être et de penser comme tout le monde. Il fallait rassurer et convaincre à travers sa personne qu'on n'avait pas l'intention de faire des vagues – ni aucune capacité à changer quoi que ce soit. Ce que l'on demandait, c'était de ne pas sortir du rang, un point c'est tout !

Préoccupé, il multiplia les entretiens en redoublant de vigilance avec l'espoir d'invalider ce qu'il tenait encore pour d'hypothétiques déductions. Mais au bout du compte, il dut se résoudre la mort dans l'âme à voir la réalité telle qu'elle se présentait à lui.

Le problème, c'est qu'il n'avait pas prévu les conséquences qu'allaient avoir pour lui ces consternantes découvertes. À ce moment-là, il était bien loin de se douter que toutes ses certitudes allaient s'effondrer les unes après les autres, comme un chétif château de cartes.

III

De retour à la maison Cédric ne se montra plus aussi empressé de raconter par le menu ses journées à Priscilla. Mais quand il cessa complètement de lui en dire quoi que ce soit, elle sut que son mari filait du mauvais coton. En femme énergique, elle prit les choses en main et lança des invitations tous azimuts histoire de ne pas le laisser mijoter dans sa morosité.

À un rythme soutenu, des amis, des relations plus ou moins proches, des voisins sympathiques, furent conviés à dîner. Autant de soirées détendues au cours desquelles on prenait plaisir à discuter.

Ce que l'on déplorait gentiment, en dégustant la savoureuse cuisine de l'hôtesse, c'est qu'il y ait toujours des grincheux, des individus qui n'arrivaient pas à apprécier le monde tel qu'il se présentait à eux, alors même que tant d'efforts avaient été accomplis pour estomper les inégalités et qu'on vivait une époque prospère. Ces mauvais coucheurs n'avaient pas le sens commun, ils n'arrivaient pas à se conformer aux évolutions de la société et, la seule chose à dire sur leur compte, c'est qu'ils étaient inadaptés. Du reste, le plus souvent, leur situation était précaire. À vrai dire, on aurait aisément éprouvé de la compassion à leur endroit si ce n'est qu'à l'évidence, chez eux, quelque chose s'était cassé – ce qui les rendait parfaitement insignifiants. Grâce au ciel, poursuivait Priscilla, mon mari tombe rarement sur eux.

Pour Cédric ces réceptions étaient un vrai calvaire. Certes il était heureux de se découvrir autant d'amis, mais leurs convictions affichées sans nuance lui faisaient autant de bien qu'un couteau dans une plaie. Priscilla surtout l'insupportait. On aurait dit qu'elle en rajoutait pour bien montrer la distance qui la séparait de ceux qu'elle finissait par prendre pour des parias.

Mais les parias ne sont pas ce qu'elle croit, pensait Cédric, ils sont peut-être les plus lucides, les derniers remparts. Et qu'on décide de les mettre au rancart n'est pas rassurant pour un sou. Comment croire à la bonne santé d'un monde où il est attendu de chacun qu'il reste dans la moyenne ?

Tandis que ses yeux commençaient à se déciller, Cédric reprochait à Priscilla de demeurer aveugle. Mais elle avait tellement besoin de se rassurer, comment lui en vouloir ? Cependant, lui, devenait de plus en plus irritable. Bien qu'il essayât sincèrement de donner le change, c'était au-dessus de ses forces, son regard se fermait, hostile.

Face à ses échecs répétés Priscilla renonça aux invitations et se tourna vers des sorties au théâtre, au cinéma, à des expositions, des concerts. Elle prenait même soin de réserver une table en fin de spectacle pour passer un petit moment en amoureux. Malgré cela, Cédric restait sombre et leurs échanges tournaient court.

Il souffrait. Or comme souvent dans un couple, quand l'un va mal l'autre le prend pour lui ; son attitude se crispe et les choses s'enveniment au fur et à mesure.

Cédric n'arrivait pas à se reprendre parce que tout ce à quoi il avait cru, son éducation, les valeurs de l'école inculquées depuis l'enfance, tout cela entrait en conflit avec ce qu'il constatait tous les jours. Les efforts sans lesquels on l'avait convaincu qu'il ne pouvait réussir, la sévérité des maîtres, les exigences de la formation, toute cette culture perfusée à longueur d'études ne servait à rien, pire c'était une imposture !

On formait des élites, mais il fallait qu'elles pensent mou. On désignait des chefs, s'ils savaient obéir. On célébrait des artistes, à condition qu'ils suivent sagement les canons esthétiques.

Ce mensonge lui était insupportable, il se sentait trahi. Dans son désarroi il imaginait que personne ne prenait la mesure du problème – ce qui n'était pas vrai, de nombreuses voix s'élevaient déjà pour dénoncer le conformisme, la bien-pensance et tous ceux qui, par intérêt, entretenaient cette mascarade.

Accablé, il n'avait plus le goût de bien faire. En perdant ses repères, il ne trouvait plus l'énergie nécessaire pour avancer. Alors il se mit peu à peu à négliger ses visites et à remplir ses questionnaires n'importe comment. C'est à partir de là qu'il commença à avoir mauvaise conscience...

Sensibilisé au phénomène, il s'employa à l'analyser. Cette fois il pouvait ressentir, et non plus seulement mesurer, combien ce sentiment était puissant pour ramener les gens à la raison, les rétablir dans le droit chemin. Comme eux, il entendait au fond de lui des voix impérieuses qui le sommaient de rentrer dans le rang... en prenant possession de sa volonté.

Seulement, avec le recul qui était le sien, cette injonction avait perdu sa puissance, elle s'était émoussée. Dés lors, il put entrevoir la logique qui présidait au maintien de l'ordre établi : Ce qui poussait les gens à se comporter comme tout le monde, à ne pas aller à l'encontre de l'opinion courante, c'était cette sorte d'humilité craintive entretenue par leur mauvaise conscience !

En contrôlant le seuil à partir duquel elle se déclenche, on pouvait maîtriser les comportements autant que nécessaire. Alan Brain avait vu juste. Cette variable était capitale pour que l'IS puisse disposer d'outils performants. Mais, était-ce bien sa mission, à elle, de niveler l'humanité ?

IV

Jamais les modèles de l'IS n'avaient donné d'aussi bons résultats. Les idéaux sortis des algorithmes séduisaient si bien que les gens se les appropriaient en s'imaginant qu'il s'agissait des leurs. Attirés par ces étoiles artificielles dont la seule vertu était d'être accessibles, par ces rêves faciles à réaliser et constamment renouvelés, les hommes avançaient. L'activité ne connaissait pas de frein et la machine économique tournait à plein régime.

On assistait bien à quelques phénomènes étranges pourtant loin de susciter beaucoup d'intérêt et encore moins d'inquiéter. La peinture n'était plus qu'affaire de marchands, la littérature celle d'illettrés. L'écriture théâtrale était l'apanage de metteurs en scènes sans talent, et la mise en scène celui de comédiens désœuvrés. Sans parler de la musique insipide diffusée sur les ondes. Seules les danses de rue restaient créatives, mais encore étaient-elles cantonnées aux mauvais quartiers.

Dans ces conditions, on s'ennuyait ferme et on restait chez soi à regarder des émissions qui essayaient tant bien que mal d'abrutir tout le monde. Enfin, de toute façon, les distractions passaient au second plan, ce qui importait était de consommer. Et plus on était en phase avec le monde ultime, plus on consommait.

Sauf qu'à la longue, les modèles de l'IS se mirent à sortir des prévisions aberrantes. L'activité allait chuter, le moral baisser et le seuil de mauvaise conscience augmenter de façon vertigineuse – ce qui n'était pas sans générer certaines inquiétudes quant aux convenances minimales d'un monde civilisé.

On soupçonna d'abord les jeunes générations d'ingénieurs d'être incapables d'utiliser correctement les pures merveilles conçues par leurs prédécesseurs. Mais toutes les vérifications effectuées sur les modèles confirmèrent les données. La question fut alors : Bigre ! Mais que se passe-t-il donc ?

Les chercheurs reprirent tout à zéro, on refit les calculs et les séquences d'algorithmes furent passées au crible. Conformément aux conclusions de l'IS, la maîtrise du niveau de mauvaise conscience nécessitait bien d'augmenter la pression sociale selon les besoins. Pression qui elle-même incitait à rester dans la moyenne, sans faire de vagues. Et alors on devait obtenir une parfaite harmonie. Eh quoi ! Qu'est-ce qui clochait là-dedans ?

Ce qui clochait, c'est qu'en matière de création, de sensibilité, de beauté, il n'y a pas de juste milieu. Ces domaines ne connaissent pas de *moyenne*.

En favorisant ses adeptes, on stérilisait les idées, on étouffait l'épanouissement du génie, on tirait tout vers le bas. Et, à force de descendre, on atteignait des niveaux abyssaux où l'homme, à son insu, revenait à son mode primaire. Ses raisonnements devenaient de plus en plus sommaires et, du coup, sa moralité s'effondrait. Par conséquent, le seuil de déclenchement de sa mauvaise conscience montait à des hauteurs stratosphériques.

Voilà ce qui se passait ! Et cette tendance ne pouvait que s'accentuer parce que telle était la nature humaine depuis la nuit des temps. D'ailleurs, si les facultés de l'homme avaient choisi cette époque-là pour se fixer à leur point d'équilibre c'est que les temps étaient devenus favorables pour qu'il puisse se vautrer dans sa médiocrité.

V

Malgré toutes sortes d'attentions délicates Priscilla ne voyait aucune amélioration dans l'état de son lunatique conjoint. Cédric paraissait lointain, absorbé dans des pensées obscures. Non seulement elle ne parvenait plus à le comprendre mais, pour tout dire, il lui faisait peur. Sa conduite n'était plus en accord avec les usages, il était désinvolte avec des relations de longue date et fruste avec le voisinage. De plus, il semblait se complaire à ne rien vouloir faire comme tout le monde.

Élevée dans la bonne société, Priscilla avait une habitude bien ancrée, celle de pratiquer toutes sortes d'activités épanouissantes. En l'occurrence, ce furent les copines de l'équitation qui lui mirent en premier la puce à l'oreille : Elle s'était peut-être trompée... Puisqu'ils n'avaient pas encore eu d'enfant, il était toujours temps...

Mais, pour être honnête, c'est à une amie d'enfance que revint le mérite d'avoir trouvé l'argument massue qui ébranla ses dernières convictions. Par un doux après-midi tranquille, opportunément mis à profit pour papoter autour d'une tasse de thé, l'aimable complice de ses vertes années lui lâcha fermement que, de son point de vue, Cédric ne partageait plus avec leur milieu... les mêmes valeurs !

La phrase à peine prononcée, Priscilla sortit brusquement de sa torpeur – elle ne plaisantait pas avec ces choses-là. À présent, elle savait ce qu'il lui restait à faire.

Quand Cédric apprit qu'elle souhaitait le quitter, il ne lui en voulut pas. Il était difficile pour elle de supporter son humeur devenue sombre, son décalage... Elle avait besoin d'être rassurée, de sentir l'adhésion autour de sa personne, de faire partie d'un groupe distingué, qui la valorisait.
Leur chemin divergeait et c'était tant mieux. Il l'aurait rendue malheureuse alors même qu'il désirait tout le contraire. Priscilla avait raison, il y avait encore des mauvais coucheurs dont on pouvait penser qu'en eux quelque chose s'était cassé.

Chez lui aussi, le ressort s'était cassé. Sa vision du monde avait changé, une espèce de défiance narquoise s'attachait à son regard. D'ailleurs, quand quelqu'un paraissait content de lui, il se demandait si c'était par bêtise ou par cynisme que lui venait cet insupportable sentiment d'auto-satisfaction. Sans oser le leur dire, il était déçu quand il s'entretenait avec d'anciens collègues qui encore « jouaient le jeu ». S'ils réussissaient, s'ils prenaient du galon, loin d'en être content pour eux ou de les jalouser, c'était seulement mauvais signe. Il avait eu de la sympathie à leur égard, eh bien tant pis, il s'était trompé. Dans ces conditions, il lui était difficile de s'épanouir chez Consortium-Opinion. Il démissionna, laissa tout à Priscilla, et s'en alla.

Dans sa nouvelle vie, sa première résolution fut de ne plus se mettre en situation de devoir rechercher l'approbation des autres, il n'en ressentait plus le besoin. Désormais, il voulait comprendre comment il était possible de faire agir l'humanité comme un seul homme, dans le sens que l'on souhaite. Il voulait savoir comment l'IS s'y prenait pour fabriquer des idéaux auxquels l'homme croyait ingénument.

Et plus encore, il voulait savoir quels étaient les siens, ceux auxquels il pouvait croire tout seul, en son âme et conscience, si d'autres ne s'employaient pas à lui mâcher le travail. Car il l'avait compris, le ressort de l'homme lui venait de *la foi* qu'il avait en des idéaux, ceux auxquels on le poussait à croire, et non de ce qui *était*, en réalité, les siens propres, ses vrais moteurs.

En façonnant des idéaux artificiels, l'IS jouait aux apprentis sorciers. Or, il n'est pas bon de se substituer aux autres pour leur dire à quoi ils doivent croire. Un jour ou l'autre le charme se rompt, et les gens se retrouvent perdus.

Parce qu'il pensait que ce n'était pas en tirant les hommes vers le bas qu'on pouvait rendre le monde meilleur, Cédric lutta contre cette dérive. Au plus profond de son cœur, il ne croyait pas qu'il soit souhaitable de promouvoir la médiocrité sous couvert du bien public, même s'il a souvent été dans la nature humaine de s'y abandonner volontiers.

Il y avait 11 milliards d'habitants sur la Terre et cette masse gigantesque exerçait sur chacun d'eux une formidable force uniformisante qui tendait à faire disparaître leur identité, à dissoudre leur caractère. Conserver son individualité devenait une gageure presque impossible.

Mais l'humanité n'avait pu s'extraire de la boue qui l'avait vue naître qu'en empruntant à chacun ce qu'il avait de meilleur. Pour y parvenir, elle s'est appuyée sur la diversité. Et parmi les hommes des différences il y en a, personne n'oserait dire le contraire.

Depuis la nuit des temps, l'homme a eu envie de s'élever au-dessus de sa condition. Il a toujours eu besoin de se dépasser, bien qu'il lui était plus facile de se laisser entraîner vers le bas avec ceux qui y avaient un quelconque intérêt. Au fond, à ceux-là, il ne leur a jamais accordé son estime, il leur en a voulu. S'il a beaucoup erré, c'était à la recherche d'horizons plus vastes, d'un air plus pur. Et si sa quête ne fut pas toujours couronnée de succès, au moins se battait-il pour un idéal dont il sortait grandi.

En tout cas, telles étaient les convictions de Cédric. Et s'il avait conscience qu'elles n'étaient pas dans l'air du temps, du moins lui procuraient-elles du bonheur, celui que l'homme cherche, plein de larmes et d'amour.

L'AMI D'ARNO PENZIAS

A la fin des années trente, des hommes venus de toute l'Europe arrivèrent à New York avec femme et enfants. Les formalités d'immigration accomplies, ces familles durent trouver un logement et chercher du travail. Puisqu'il fallait repartir de zéro, que tout était à reconstruire, il y avait des priorités à gérer. Au cours des premiers jours, le temps de refaire surface, les enfants se trouvaient parfois livrés à eux-mêmes.

Tandis que ses parents se démenaient par monts et par vaux, Arno se réveilla, avala un bol de lait et des tartines, enfila ses vêtements, puis partit explorer les ruelles bordant son hébergement provisoire. Sa toute première virée à Manhattan marqua sa destinée, elle fut celle où il croisa le chemin d'Alexander Allan avec lequel il partagea sa vie, durant, une féconde amitié.
Il n'est pas abusif de dire que cette amitié fut féconde, car elle permit à l'un de recevoir le prix

Nobel de physique en 1978 pour une découverte stupéfiante et à l'autre de faire une découverte au moins aussi importante, mais qui resta – et demeure encore aujourd'hui – tout à fait ignorée...

Quand ils se rencontrèrent, pataugeant dans les flaques d'eau laissées par une bouche d'incendie, Arno entrait tout juste dans sa huitième année. Il avait l'allure d'un garçon bien élevé, le regard doux, empreint toutefois du petit surcroît de maturité qu'imprime sur des traits juvéniles le désarroi contenu, mais néanmoins perceptible, de ses parents.

Alexander quant à lui avait un air parfaitement dégingandé. Il était d'une maigreur insigne, que la taille extravagante de sa culotte courte ne faisait qu'accentuer. Mais ce qui attirait spécialement l'attention sur lui, c'est qu'il paraissait monté sur des ressorts tellement il avait à cœur d'éclabousser tout ce qui se trouvait dans son périmètre.

Malgré l'exaltation qui lui faisait palpiter le cœur Arno s'écarta de celui qui paraissait plus dangereux encore que le geyser s'il tenait à ne pas tremper sa chemise. Il continua néanmoins à l'observer, perplexe, en essayant de comprendre quelle rage pouvait bien animer un être si menu pour le pousser à se comporter comme un démon. Ils allaient devenir inséparables.

Rapidement, le père d'Arno parvint à dénicher un premier emploi. Un immeuble cossu recherchait un couple de concierges (superintendents of an apartment building, ce qui est plus chic). Monsieur et Madame Penzias firent bonne impression auprès du syndic de copropriété et décrochèrent le job. Ils aménagèrent alors avec leurs enfants dans un logement de fonction pour lequel il n'y avait pas de loyer à payer. Arno fut alors scolarisé.

Petit à petit la vie reprit un cours normal. Bientôt Monsieur Penzias réussit, grâce à ses compétences en menuiserie, à obtenir une situation au Metropolitan Museum of Art, ce qui autorisa la maisonnée à s'établir confortablement.

Par la suite, fort de ses brillants résultats au City College de New York, Arno bénéficia d'une bourse d'étude pour postuler à l'Université Columbia, dans laquelle il fut admis en 1956.

Avec le temps, Alexander s'était remplumé et calmé. La providence lui avait envoyé à travers l'océan l'ami avec lequel il pouvait ferrailler à loisir et se dépenser autrement qu'en faisant des sottises. Au contact d'Arno sa curiosité s'était aiguisée, ce qu'il aimait par-dessus tout c'était de l'amener sur des questions saugrenues, et d'en débattre à l'infini. De cela, il avait énormément besoin parce que beaucoup de sujets le tourmentaient. Il sentait chez lui l'impérieuse nécessité d'éclaircir certains aspects de sa personnalité, et celles des autres aussi. Il voyait que de nombreuses données lui manquaient, qu'on ne lui disait pas tout, et que la plupart de ce qu'on lui avait dit était faux. Il avait appris à sonder son ignorance, et il se demandait souvent d'où venait qu'Arno sache autant de choses dont lui n'avait jamais entendu parler, même à l'école ?

Pour autant il ne manquait pas de répartie, il prenait conscience d'être un interlocuteur valable, capable de pousser l'autre dans ses retranchements ou de le renvoyer dans ses cordes. L'émulation née entre eux canalisait son énergie en l'orientant vers des centres d'intérêt nouveaux, loin de ceux de son milieu.

L'amitié a ceci de merveilleux qu'elle ouvre des horizons, d'un côté comme de l'autre. Car lui aussi surprenait son ami. En matière de blagues, il en savait long. Et sur les filles, il était imbattable. À l'adolescence bourgeonnante, quand il lui prenait de gratter quelques accords de guitare, elles se pâmaient. Arno n'en revenait pas et, cherchant à percer son secret, il se disait que la musique ne devait pas être la seule chose à intervenir dans l'histoire.

À l'âge romantique, la maturité aidant, l'espèce de fébrilité nerveuse qui singularisait Alexander faisait toujours des ravages. Les filles sentaient comme une envie de le consoler – d'on ne sait trop quoi – et elles le cajolaient. Bref, il avait du charme. Arno comprit rapidement que la sensibilité qui handicapait son ami était aussi un atout. Par son éducation, lui avait plutôt tendance à museler la sienne. Mais, ouvert sur le monde, il admit facilement qu'Alexander percevait des signaux faibles auxquels il ne prêtait pas suffisamment d'attention. Des vibrations, des ondes insaisissables qui se répandaient sans que leurs effets ne soient perceptibles aux autres, Alexander, lui, devait les sentir. C'est pour ça que, parfois, celui-ci lui damait le pion.

Lorsqu'Arno rêvait d'entrer à l'Université Columbia, Alexander se vouait déjà au métier d'écrivain. Pour réaliser son projet, il n'avait besoin d'aucune bourse ni d'aucun diplôme, ce qui tombait bien car Alexander n'avait jamais brillé dans les études. Il se posait tant de questions, papillonnait tellement ici et là qu'il n'arrivait pas à absorber ce qu'on tentait de lui faire ingurgiter à l'école. Sa curiosité l'empêchait de se fixer assez longtemps sur un sujet trop étroit.

Leurs personnalités quasi opposées faisaient que l'un avait l'impression de se ressourcer au contact de l'autre. Ils ne se comprenaient pas toujours complètement mais ils prenaient plaisir à leurs incessantes conversations durant lesquelles le temps semblait suspendu. Et c'est le cœur serré qu'ils s'interrompaient car il fallait quand même faire ses devoirs, et dîner à la maison.

Arno se tourna très tôt vers les sciences. Il n'était pas rare de le croiser avec une revue sous le coude dans laquelle, à la moindre occasion, il se plongeait corps et âme. Ensuite, il allait trouver Alexander et lui racontait ce qu'il venait d'apprendre d'inouï, de tellement énorme qu'il ne pouvait pas ne pas lui en parler. Ce dernier, qui ne saisissait pas tout, était bon public. Il commençait par lui prêter une oreille distraite en feuilletant ce qui lui tombait sous la main – souvent une bande dessinée – puis, quand il s'était lassé de s'imaginer en héros invincible sauvant d'imprudentes demoiselles des mains des méchants, il écoutait son ami avec une tête de merlan frit. A la fin, il prenait un air profond pour lui poser une question qui n'avait a priori aucun rapport avec ce qui venait d'être dit. Arno s'en désolait et se permettait quelquefois de lui en faire la remarque, mais Alexander ne se déstabilisait pas pour autant. Tout en tentant de justifier son association d'idées, il essayait lui-même d'en comprendre la raison, et pourquoi ce qu'il avait entendu lui rappelait étrangement la façon dont les gens fonctionnaient...

Tout chez Alexander n'était qu'intuition, tout ce qu'il captait ne servait qu'à alimenter son imagination, à laquelle il aimait donner libre cours. Elle lui servait de guide pour percer les mystères de l'humanité agissante qu'il cherchait à comprendre.

S'il était contrarié par la manie qu'avait Alexander de vouloir retomber sur ses pieds par des pirouettes insensées, Arno devait admettre que le parallèle était souvent troublant. Un jour, par exemple, alors qu'il lui parlait d'une sombre histoire d'électrons dans un puits de potentiel, Alexander porta soudain sa main à son front, comme s'il en avait trop entendu, et que sa patience était à bout. Arno craignant d'avoir dépassé les bornes, imaginant que son discours avait probablement atteint les limites de l'ennui que l'on peut infliger à un ami, fit amende honorable en lui promettant de ne plus le soûler avec sa physique.

Mais Alexander balaya ses excuses d'un revers de main. Au contraire, lui dit-il, figure-toi que j'avais vaguement imaginé quelque chose comme ça, mais ton puits de potentiel m'a éclairé sur un point que personne, tu entends ?, personne, ne traite correctement. C'est géant !

Arno se demandant si c'était du lard ou du cochon invita Alexander à préciser quel était ce point. Et ce dernier de poursuivre :

— Le bonheur, ça marche comme ça, mon vieux... Ton histoire explique on ne peut mieux pourquoi les gens peuvent être malheureux malgré une grande richesse, et heureux dans la pauvreté – toutes choses égales par ailleurs. En t'écoutant, je me suis aperçu que tout dépendait du chemin parcouru, et pas du niveau d'où l'on part. Dans l'absolu ce niveau ne représente rien en soi, il peut se situer à un haut potentiel comme dans ton exemple, être enviable pour le transposer à ma sauce – ou l'inverse – ce qui va être déterminant dans la destinée du petit électron, comme dans la nôtre, c'est la différence entre le niveau de départ et le niveau d'arrivée, tu vois ?

Arno ne voyant pas, Alexander enchaîna : Quand, accablé, on se demande ce qu'il faudrait faire pour être heureux, la réponse elle est là, c'est l'histoire du petit électron. Pour lui, la seule chose qui compte c'est l'amplitude entre les niveaux de potentiel qu'il franchira, peu importe où ces niveaux se situent dans l'échelle des valeurs. Eh ben nous, c'est la même chose. Qu'on parte d'une bonne situation ou d'une situation lamentable, qu'on évolue dans les hautes sphères ou dans un cul de basse-fosse, peu importe. Ce qu'on en tirera sera lié à notre parcours, et seulement à lui. Voilà en quoi tient le bonheur : Il est l'amplitude du chemin parcouru. Ton électron et nous, on est pareil.

Elles furent nombreuses ces discussions oiseuses qui partaient de rien, d'une bulle dans un verre ou d'une mouche acharnée, mais elles avaient le mérite de transporter les deux amis loin des vicissitudes de la vie.

Un thème néanmoins revenait régulièrement sur le tapis. Quand Arno n'avait rien d'extraordinaire à raconter, qu'il n'était pas absorbé par un article, Alexander en profitait pour l'introduire en tapinois.

— Voilà, disait-il en préambule, c'est difficile d'en parler, mais je tiens peut-être quelque chose. Je veux dire un truc insolite,... intéressant.

— Intéressant en quoi ? se risquait gentiment Arno qui voulait l'aider à accoucher sa pensée.

— Intéressant dans le sens qu'il s'agit d'une question de fond, répondait Alexander en pesant ses mots.

— De fond de quoi ? continuait à sonder l'autre avec ménagement.

— De fond de douleur, précisait alors Alexander d'un air énigmatique.

Et généralement, l'échange en restait là.

Les jours s'égrainaient ainsi doucement. En 1961 Arno soutint sa thèse de doctorat à Columbia University, et obtint dans la foulée une place de stagiaire chez Bell Laboratories, Holmdel, New Jersey.

Alexander fut très ému d'assister à la soutenance de son ami. En l'écoutant, il eut ce jour-là une petite étincelle qui, comme on le verra, ne fut pas étrangère à celle qui permit à Arno de devenir dix-sept ans plus tard lauréat du prix Nobel de physique.

Le job temporaire d'Arno chez Bell Labs se transforma au bout d'un an en un vrai poste, pas temporaire pour un sou, puisqu'il y restera trente sept ans. En fait, les instruments de pointe en radio astronomie développés à l'époque par la société Bell étaient précisément les outils indispensables qui devaient lui permettre d'aller au bout des observations entamées durant ses travaux de thèse. Il put ainsi approfondir ses propres recherches avec toute la passion qui l'avait toujours animé pour la science.

L'eau coula sous les ponts du fleuve Hudson. Arno et Alexander eurent le temps de se marier, leurs enfants de grandir et, les chats ne faisant pas des chiens, la jeune génération commençait à discuter ferme avec leurs petits camarades de rencontre. Au cours de ces années qui filèrent trop vite, Arno fit de brillantes recherches et sa réputation scientifique devint internationale.

Cette réussite ne l'éloigna pas d'Alexander qui, lui, n'avait pas encore connu le succès escompté. Il tirait le diable par la queue quand il eut la chance de décrocher un emploi dans un quotidien régional. Ses publications, notamment ses nouvelles, avaient réussi à atteindre un public d'amateurs, ce qui le fit connaître dans le milieu des gens de plume. L'estime que lui témoignait cette petite audience était précieuse, mais elle ne suffisait pas à faire bouillir la marmite. Son activité rédactionnelle tomba à point nommé.

Le plus important est qu'il conservait sa façon d'être, son inspiration ne se tarissait pas car les mêmes questions l'aiguillonnaient, il cherchait toujours à comprendre les hommes, s'intéressait au destin de l'humanité.

Entre les deux amis rien n'avait changé. Dès qu'un créneau se présentait, ils se donnaient rendez-vous à Central Park ou bien dans un bar des environs où ils pouvaient discuter tranquillement. À ces occasions, tout recommençait, les grandes avancées de la science qu'il fallait absolument que l'autre connaisse, les questions désarmantes d'Alexander suivies de ses parallèles tirées par les cheveux, mais néanmoins troublants.

Le seul véritable changement était qu'à présent, on allait droit au but car on avait beaucoup de choses à se dire et le temps manquait cruellement. C'est comme ça qu'un beau jour Alexander finit par cracher le morceau : — Voilà, lâcha-t-il en préambule comme il en avait l'habitude, tu sais, ce fond, cette douleur,... enfin tu vois. Je sais désormais d'où elle vient. Oui, maintenant j'en suis sûr, ça existe, Arno, ça existe vraiment...

Seulement, à cette époque, Arno croulait sous le travail. Il était reconnu comme l'un des meilleurs astrophysiciens de sa génération, était à tout instant en prise avec le Président de Bell Labs, et interagissait avec l'ensemble de la communauté scientifique dans son domaine. Alors ce jour-là, fatigué par ses journées harassantes, il s'emporta : Le fond de douleur de quoi, Alexander ? questionna-t-il. Tu ne peux pas dire les choses comme elles sont, simplement, depuis le temps que tu me bassines avec ça. Pourrais-tu essayer d'être clair, pour que l'on puisse te comprendre ? De quoi parles-tu au juste avec ta douleur de fond, sacré bon sang ?

Au lieu d'être fâché par le ton mordant de son ami, Alexander se sentit au contraire libéré. La gêne que l'on éprouve à dire ce qu'on a sur le cœur, les filtres accumulés, les obstacles qui font que l'on n'ose pas, s'évanouirent d'un seul coup pour laisser place à l'impérieuse nécessité d'assumer ses idées, même les plus baroques. Et la brume qui l'empêchait d'éprouver de la fierté à être différent, disparut au même moment, laissant apparaître la simple vérité, celle d'avoir peut-être identifié quelque chose d'inédit, d'utile, d'important, et il admit enfin qu'il y avait de la grandeur à en parler sans craindre que l'on se moque. Voici ce qu'il confia à son ami :

— Le fond de douleur dont je parle, Arno, est celui qui baigne l'humanité depuis la nuit des temps. Comme une douleur fossile, celle de la condition humaine, dont chacun d'entre nous peut sentir l'écho à travers le temps. Au début, je n'y croyais pas, je pensais que ça venait de moi. Je devais avoir un problème parce que, ressentir une douleur lancinante en permanence, même quand tout va bien, que la vie est belle et qu'on est entouré de ceux qu'on aime, ce n'est pas normal... Alors je me suis dit que quelque chose clochait, mais quoi ? J'ai donc consulté, mais rien, ils n'ont rien trouvé : — Vous m'avez l'air d'aller très bien Monsieur Allan... Voilà ce que les médecins me disaient d'un ton narquois. Et puis, au fur et à mesure, je me suis rendu compte qu'effectivement ça ne venait pas de moi. Certes, je ne suis pas devenu riche et célèbre mais j'ai finalement trouvé ma voie. Mon métier m'intéresse, mes nouvelles sont appréciées par un public fidèle, ma santé est bonne, et surtout j'ai le bonheur d'avoir une femme et des enfants qui m'aiment. Non, Arno, crois-moi, ce n'est pas d'une douleur personnelle dont je parle, ceci n'a aucun rapport avec nos propres vies, nos échecs ou nos déboires. Je te parle de quelque chose dont on hérite à la naissance, un dénominateur commun. Je te parle du fond de douleur fossile baignant l'humanité toute entière, depuis toujours, et pour toujours.

Et si ce que je te dis est vrai, poursuivit-il encouragé par l'attention que lui témoignait son ami, si vraiment cette douleur, qui vient du fond des âges, elle existe, si on est tous capables de la ressentir, te rends-tu compte de ce que cela signifie ? Moi, je trouve ça formidable ! Cela signifie que, depuis son apparition, l'humanité a une communauté de destin. Que les hommes, à leur insu, communiquent les uns avec les autres à travers le temps, qu'il existe un lien véritable entre eux, quelles que soient leurs origines, leurs couleurs ou leurs langues, et même quelle que soit l'époque où ils ont vécu. Cela personne ne le sait, personne n'en est conscient. Parce que, si c'était le cas, ils ne se traiteraient pas les uns les autres comme ils le font, ils n'oublieraient pas le passé, et ils seraient solidaires du futur.

L'échange se prolongea tard dans la soirée, mais Arno devait rentrer finir son travail pour le lendemain. Il embrassa Alexander avant de le quitter, puis s'en alla, bouleversé. Ce dernier fut surpris de voir des larmes se former au coin des yeux de son ami. Cette marque d'affection l'émut à son tour — Arno n'avait pas l'habitude de montrer ses émotions.

Ce fut la dernière fois qu'ils eurent l'occasion de se serrer dans les bras. Trois jours plus tard, tandis qu'il traversait une rue pour se rendre à son journal, un chauffard faucha la vie d'Alexander. Inutile d'évoquer la souffrance de ses proches quand ils surent. Tout se passa très vite ; chacun s'efforça de tourner la page pour ne pas s'effondrer.

Arno auquel on venait d'amputer une partie de lui-même se jeta à corps perdu dans le travail. En 1965, avec son collègue Robert Wilson, il décela une source de bruit dans l'atmosphère qu'ils n'arrivaient pas à identifier. Ils refirent leurs tests mais le bruit de fond demeurait toujours le même.
Pensant que cela provenait d'une défaillance de leur appareillage, ils le démontèrent et recommencèrent tout à zéro. Le bruit était encore là. Si leur système n'était pas en défaut, il devait y avoir un parasitage quelque part dont ils finiraient par venir à bout. Seulement, en passant minutieusement en revue toutes les sources d'artefacts possibles et imaginables, jusqu'à nettoyer les déjections de pigeons sur leur antenne, le bruit persistait. Ils étaient dans l'impasse.

Confronté consécutivement à la perte de son ami et à ses difficultés dans ses recherches, Arno perdit pied. La crise qu'il traversa alors fut la plus grave de son existence. Son socle pourtant solide vacilla, il n'arrivait plus à redresser la barre. Sa femme, ses enfants, ses amis s'inquiétèrent de le voir dériver si brutalement car, loin s'en faut, ce n'était pas dans son caractère de se laisser dépasser par les événements. Mais rien n'y faisait, il sombrait.

Grâce aux soins et à l'affection dont il était entouré, il sortit un beau jour de son marasme et reprit le chemin de son laboratoire. À peine installé à son bureau, Alexander lui revint en mémoire. Il se souvint alors : « Le fond de douleur fossile baignant l'humanité depuis la nuit des temps... ». Quelle belle image ! Comme cet homme était humain ! Comme il lui manquait ! Et il ne put s'empêcher d'éclater en sanglots — ce qui ne fut pas pour rassurer ses collègues.

Mais il était guéri et, ce jour-là, son destin bascula.

— Pourquoi pas, se dit-il en se reprenant. Pourquoi ne pas imaginer qu'une trace du passé remontant aux origines puisse réellement exister ? En quoi cela serait-il impossible ? Lui, en tant que physicien, connaissait de nombreux exemples de continuums stupéfiants dans la nature. Il savait aussi que ce n'était pas en pensant comme tout le monde que les hommes de science qu'il admirait avaient réussi à percer des énigmes insurmontables. Il savait mieux que personne qu'il fallait se méfier des dogmes et accepter de sortir du cadre pour élargir le champ... Alexander, par son courage et la volonté dont il fit preuve en poursuivant ses rêves, lui montrait la voie. Il devait faire honneur à sa mémoire !

Arno Penzias reprit d'arrache-pied ses travaux. Seulement, cette fois, il laissa son intuition le guider. Ce bruit qui l'empoisonnait n'était peut-être pas sans intérêt.

Pour le savoir, il devait changer fondamentalement son approche. Si, a priori, le bruit étrange n'était pas un parasitage pernicieux, alors il lui fallait réfléchir, réfléchir sereinement, pas à pas, sans omettre un maillon de la chaîne causale. En astrophysique, ses connaissances lui permettaient de passer en revue toutes les éventualités. Et, dans le cas de figure qui l'occupait, il prenait conscience que la plus improbable était peut-être la bonne. Voilà, se dit-il en saisissant le taureau par les cornes, ce qu'Alexander aurait fait à ma place.

Alors il travailla sans relâche, dormant sur place, ne voyant plus ni femme ni enfants. Il restait dans son laboratoire à refaire ses calculs, à vérifier ses appareils, avalant des sandwichs et buvant du café. Jusqu'au jour où il s'aperçut qu'Alexander avait raison. Oui, il pouvait exister des traces du passé le plus lointain !

Exactement comme il pouvait très bien se faire qu'une imperceptible douleur venue du tréfonds des âges existe... Une douleur qui avait si bien accompagné les hommes pendant des milliers d'années qu'elle avait fini par s'inscrire dans nos gènes, par enrober nos fibres. L'âme des poètes ne la mettait-elle pas en lumière ? Tout simplement parce que la condition humaine est douloureuse.

   L'homme est né fragile, blessé de son imperfection, aux prises avec d'innombrables fantômes sortis de son cerveau borné, il manque d'indulgence envers lui-même. Ses progrès sont lents, sa vie est courte, et le chemin à parcourir est long. Qui sait si, avant d'avoir atteint la plénitude de son évolution, il ne disparaîtra pas ? En ne recherchant que son bien-être, il endommage les forêts, meurtrit la terre pour en extraire ses trésors, pollue, et détruit la diversité. Sauf exception, il ne s'intéresse qu'à lui, oublie le passé, et l'avenir ne le préoccupe que dans la mesure où il s'agit du sien. Si les hommes prenaient conscience du lien qui les unit de toute éternité, peut-être agiraient-ils autrement ?

   Plongé dans ses réflexions, Arno laissait son regard flotter sur ses instruments. Dans sa cervelle qu'il triturait dans tous les sens, l'hypothèse de l'interception d'un signal inédit se renforçait de minute en minute. Enfin, il s'arracha à ses pensées et planifia d'une traite une série d'enregistrements orientés vers de nouveaux paramètres. Puis il rentra chez lui prendre une douche. Le plan d'expériences qui allait aboutir à l'une des plus hallucinantes découvertes de l'histoire venait d'être lancé.

Il est faux de dire que l'incroyable découverte du rayonnement fossile cosmologique, ce rayonnement thermique qui témoigne des tout premiers instants de la création, et qui reste jusqu'à aujourd'hui l'argument le plus solide pour étayer la théorie du Big Bang, il est ridiculement faux de prétendre que cette découverte ait été fortuite, même si l'humilité de son auteur l'a lui-même conduit à alimenter cette version.

Comme on vient de le voir, cette découverte ne doit rien au hasard. Elle est l'aboutissement d'un long processus de maturation dont les racines plongent loin dans l'enfance de deux êtres chers l'un à l'autre, deux amis qui eurent le bonheur de se rencontrer et le goût de s'écouter. Elle est directement le fruit d'une amitié sincère et, chose admirable, ce fruit n'a pu s'épanouir que grâce à la différence de leurs caractères et de leurs qualités, diamétralement opposées. Mais n'est-ce pas souvent le cas ?

Les résultats des enregistrements révélèrent que le bruit de fond dont Arno recherchait l'origine était en réalité un rayonnement micro-ondes isotrope (uniforme dans toutes les directions).

La partie du spectre détectée permettait de l'identifier de façon caractéristique à celui d'un corps noir aux environs de 3 degrés au-dessus du zéro absolu.

Arno Penzias se rendit compte alors qu'il ne pouvait s'agir que d'un rayonnement témoignant des premiers instants de la création, le seul qui puisse uniformément baigner l'Univers tout entier... Il venait de découvrir le rayonnement fossile cosmologique qui témoigne des premiers instants de la création !

Il y a environ 15 milliards d'années, le temps se mit à tourner et l'espace à se déployer à l'issue d'une gigantesque explosion. Se poser la question *d'avant* n'a pas de sens puisqu'il n'y avait rien, que le temps lui-même n'existait pas, et que la matière ne s'était pas encore constituée, ni l'espace avec elle.

C'est donc à partir de rien, sinon d'un formidable déversement d'énergie dont on ignore tout, que se sont constitués successivement quarks et électrons, protons et neutrons, atomes, molécules, étoiles et galaxies.

Dans la banlieue lointaine d'une de ces galaxies, sur une planète proche de notre soleil, la vie apparaissait à son tour, puis l'homme.

A mesure que le cosmos vieillissait, il se distendait (l'expansion de l'Univers fut confirmée en 1929). Les galaxies s'éloignant les unes des autres, l'espace entre elles se refroidissait. Le feu de la création qui, quand l'horloge cosmique marquait à peine un millionième de millionième de seconde était encore chaud de millions de milliards de degrés, finit par atteindre une température ultra glaciale (3 degrés à peine au-dessus du zéro absolu). C'est le rayonnement résultant de cette température que venait d'identifier Arno Penzias.

Cette découverte incroyable reste jusqu'à nos jours l'argument le plus solide et le plus convaincant pour étayer la théorie des origines sur laquelle travaille la communauté scientifique.

LES MONDES

Quand on apprit qu'il existait d'autres mondes où l'homme pouvait vivre et même s'épanouir, cela suscita beaucoup d'émoi et de curiosité.

La nouvelle était déconcertante car les mondes qu'on venait de découvrir n'étaient pas désolés comme nos planètes voisines qui, mornes et ténébreuses, gravitent sans fantaisie autour de notre Soleil. Ces astres-là étaient semblables au nôtre, voire plus hospitaliers...

Dès les premières annonces des voix pleines d'enthousiasme s'élevèrent tous azimuts pour savoir s'il était possible s'y rendre et, accessoirement, comment réserver sa place.

Mais les choses s'obscurcir quand, avec un peu d'embarras, on commença à nous expliquer que ces mondes étaient fragiles et qu'ils ne pouvaient supporter qu'une seule personne à la fois. Pourtant, la preuve était maintenant établie qu'ils étaient aussi réels que celui sur lequel nous marchions.

Autant dire que cela n'allait pas de soi. De quoi parlait-on ? De brillants théoriciens nous avaient bien déjà suggéré qu'il pouvait exister une multitude d'univers parallèles qui grossissaient les uns à côté des autres comme le font des bulles de savon dans une baignoire. Seulement les univers sont une chose, et la Terre de nos ancêtres en est une autre. Et sur ce sujet, il n'était pas question de se laisser mener par le bout du nez. Si découverte il y avait, elle devait nous être présentée clairement, ou alors il fallait arrêter de nous faire passer des vessies pour des lanternes.

Face à la pression qui montait, les scientifiques furent alors aimablement invités à s'expliquer.

Ravis que pour une fois on s'intéresse à eux, ils organisèrent rapidement une conférence à laquelle ils convièrent tous les médias internationaux et quelques hommes d'influence. Pénétrés de leur valeur, ils se faisaient fort d'apporter d'emblée les précisions utiles et, si cela s'avérait nécessaire, de répondre aux questions.

Mais l'ardeur qu'ils mirent à communiquer leurs miraculeuses trouvailles les rendit si fébriles qu'ils se montrèrent confus. Enfin, de ce que l'on put en retenir, tout semblait résider dans les nuances...

En premier lieu, ce qu'il fallait avoir bien à l'esprit, c'est que notre monde réel, celui qui nous portait et sur lequel nous aimions nous ébattre, lui, n'avait rien de réel.

À la rigueur, c'est nous qui étions réels, et encore pas tout le monde – c'est-à-dire pas nous tous dans son ensemble, mais chacun d'entre nous pris séparément.

Ce que nous tenions jusqu'alors pour des réalités n'étaient que des représentations, celles que nos sens limités nous donnaient à connaître, et ce même si les instruments les plus perfectionnés venaient à leur prêter main forte.

En d'autres termes, l'existence objective des choses était sujette à caution… Ce que nous en connaissions l'était à travers le prisme de notre perception, limitée par nos sens, mais ce qu'était véritablement le monde, nous n'en savions rien et n'en saurions jamais rien.

Plus encore, dans ce monde-là, nous n'étions pas grand-chose – sur ce point, aucun doute n'était permis. Nous n'étions qu'un des maillons d'une chaîne de causes et d'effets qui s'étire à l'infini, seule inexorable cascade responsable de ce qui était. Dès lors qu'il en était ainsi, il ne pouvait en être autrement – ce qui une fois énoncé paraissait évident à tous ceux qui se donnaient la peine d'y réfléchir, quant aux autres, cela leur était complètement égal.

D'où, quels que soient nos efforts pour infléchir le cours de l'histoire, nul n'y pouvait rien changer. Nous étions un rouage du Grand Tout, et si on avait le courage d'aller au bout du raisonnement, cela signifiait que l'homme ne disposait en réalité d'aucune liberté, et donc qu'il n'était rien !

Or, puisqu'en son for intérieur chacun d'entre nous était convaincu du contraire, c'est bien qu'il existait d'autres mondes où l'homme avait sa place. Ceux-là étaient d'ailleurs les seuls où l'homme était quelque chose, si tant est qu'il puisse l'être. Et justement ces mondes-là, on les avait trouvés. Mais inutile d'espérer s'y rendre en bandes organisées, car on ne pouvait les atteindre qu'un à un... et par soi-même.

Sitôt que ces lumineuses explications furent relayées par ceux qui en avaient la lourde charge, l'excitation laissa place à un grand abattement.

De qui se moquait-on ? Des millions étaient prélevés chaque année sur les deniers du contribuable pour faire avancer la recherche, on finissait tant bien que mal par trouver des parages excitants, et personne ne pouvait en profiter faute de savoir comment s'y rendre ! Dans ces conditions, pourquoi dépenser tant d'argent ? En même temps, on sentait confusément qu'il pouvait y avoir quelque chose d'intéressant dans tout ça, mais quoi ?

Tandis que l'opinion s'agaçait, la communauté scientifique faisait le dos rond.

Elle ne voulait pas fâcher les gens en leur disant qu'ils ne comprenaient rien, qu'à force de ne s'intéresser qu'à des sornettes, leur cervelle s'était ramollie. Toutefois, personne n'était vraiment capable de dire de quoi il retournait.

La situation devenait tendue, et comme il existait par ailleurs certaines frictions entre les citoyens et les pouvoirs publics, entre les peuples et leurs dirigeants, on craignait qu'une nouvelle rupture avec les clercs ne vienne envenimer les choses.

Heureusement, pour ne pas rester à l'écart d'un sujet à propos duquel les foules – consommatrices par excellence – semblaient se passionner, le milieu des affaires s'en mêla. Avec le bon sens pratique qui les définissait, de gros bonnets posèrent la question : Si ces mondes existent, à quoi servent-ils ?

Et curieusement, à partir de là, on commença à y voir plus clair. Car c'était ça, en fait, l'essence même de ces mondes, ils existaient parce que, précisément, ils servaient à quelque chose (comme de nombreux exemples nous le montrent par ailleurs).

Du coup les experts réalisèrent qu'ils s'étaient éparpillés. On ne pouvait pas tout dire en même temps, cela ne faisait que semer la confusion. Ils eurent alors l'idée de prendre un de ces mondes – un seul – et d'arriver à convaincre de son existence… Après on passerait au suivant, et ainsi de suite.

Le premier choisi pour être officiellement présenté au public lors de la deuxième conférence organisée sur le sujet fut baptisé Céos – en hommage aux Titans parce qu'eux, au moins, avaient été des êtres formidables...

Il fut alors révélé avec beaucoup de précautions que Céos n'était pas composé de matière – aucun atome, ni électron, ni nucléon n'existait ici. Puisqu'il n'y avait rien de tel, qu'y avait-il ? Un champ de forces emmagasinant l'énergie d'où émergeait le fondement de la vie ! nous répondit-on.

Or, et c'est là que l'affaire se complique, ce fondement avait été formellement identifié comme étant quelque chose qui ressemblait à s'y méprendre à notre volonté.

— Mais pour qu'il y ait une volonté quelque part, encore fallait-il qu'il y ait déjà là quelque chose de vivant, s'amusèrent à répliquer quelques taquins.

Aucunement ! leur répliqua-t-on. Cette volonté devait être assimilée à un principe vital caché quelque part à l'intérieur de quelque chose, certes encore mal défini, mais il n'était nullement nécessaire que la vie ou quoi que soit d'autre soit déjà là… Elle n'était (cette volonté) que le degré minimal d'objectivation des forces naturelles, forces qui elles-mêmes étaient le support de l'énergie contenue dans l'univers…

La boucle étant bouclée, l'érudit devant son pupitre était content.

— Soit, mais en quoi cela pouvait-il nous concerner un tant soit peu ?, voulurent s'informer quelques-uns.

Il leur fut aussitôt répondu, avec une exaspération à peine dissimulée que, voilà, on venait juste de leur dire que ce principe vital n'était autre que notre volonté. Et si c'était notre volonté à nous tous, enfin pas à tous mais à chacun d'entre nous, c'est bien que ça avait quelque chose à voir avec nous !

Vu l'état d'énervement de l'orateur qui avait eu la difficile mission d'éclairer la multitude, aucun des invités présents à la conférence ne poussa plus loin la polémique. Tout se passa comme si le public avait décidé de ménager ses savants. Était-ce pour qu'ils puissent reprendre des forces et mieux les conspuer le moment venu ? Difficile à dire, mais il est certain que ce genre d'attitude reflète une des nombreuses énigmes des comportements collectifs, car bizarrement les hommes sont capables de s'entendre sans avoir besoin de communiquer entre eux, dès lors que les enjeux sont importants – l'histoire nous l'a démontré plusieurs fois.

On laissa passer quelques mois, puis les médias se firent de nouveau écho des réserves formulées ici et là, réserves qui, en substance, se résumaient à ceci :
— En tant que citoyens du monde, nous tenons à dire que nous avons mille raisons de croire au progrès de la science et aux fulgurantes percées de l'esprit humain. Il ne nous viendrait donc pas à l'idée de mettre en doute l'existence de Céos. Seulement voilà, si ce monde existe, au moins pourrait-on nous dire depuis quand, et où il est ?

C'est à partir de là qu'une sorte de folie s'empara du débat.
Néanmoins, les crânes d'œuf avaient repris du poil de la bête. Ils ne se démontèrent pas et envoyèrent un nouvel émissaire pour répondre aux légitimes interrogations du public :
— Permettez, eut la maladresse de répondre ce dernier au cours de son intervention, cette question n'a aucun sens. Puisqu'on vous dit que Céos n'est formé d'aucune matière, ni de quoi que ce soit de tangible, on ne peut évidemment pas lui attribuer de localisation, et il est impossible de lui donner un

âge… Vous n'ignorez certainement pas que : sans matière, pas d'espace et pas de temps !

C'en fut trop ! On prenait vraiment les gens pour des blaireaux. Les réseaux sociaux se déchaînèrent et vouèrent l'émissaire aux gémonies. Cet individu n'était qu'un imposteur qui voulait mystifier les braves gens, un malfaisant, une erreur de la nature !

Ce troisième émissaire dut affronter les lazzis pendant de longues semaines, le temps que l'agitation se calme et qu'un quatrième martyr soit désigné – ce qui était très triste parce que, comme ses collègues avant lui, il n'avait pas démérité.

Il s'en fallut de peu que ces mondes merveilleux soient à jamais perdus pour la postérité. Mais, comme à son habitude, le hasard vint au secours de l'humanité par des chemins détournés. Un beau jour, un bouleversant fait-divers relança l'affaire.

Au fond des bois, tandis qu'une entreprise de démolition rasait une ferme délabrée, des ouvriers eurent la mauvaise surprise de tomber sur un homme hirsute, entravé comme un animal par une chaîne scellée au mur d'un bâtiment isolé, et qui, compte tenu de son aspect lamentable, avait dû demeurer là depuis longtemps.

Les gendarmes furent aussitôt appelés à la rescousse et le malheureux déguenillé, dont on se demandait par quel miracle il était encore vivant, fut immédiatement hospitalisé. La presse donna force détails sur son état de délabrement physique, et le monde entier fut très ému en lisant le récit du calvaire qu'avait enduré ce misérable pendant de si longues années.

Naturellement, une enquête fut diligentée pour retrouver ceux qui avaient commis ce crime odieux. Mais, pour arriver à comprendre comment il avait survécu, une équipe de cliniciens lui fut personnellement attachée.

Après une convalescence délicate au cours de laquelle l'homme oscilla constamment entre la vie et la mort, il se rétablit et put enfin s'exprimer. Et il le fit dans une langue qui, si elle avait perdu un peu de sa fluidité, restait remarquablement précise.

On apprit ainsi qu'il s'était nourri en attrapant les bestioles qui s'égaraient dans le périmètre délimité par sa chaîne et en croquant des pommes tombées à proximité.

Mais ce qui stupéfia les cliniciens c'est que, pour lui, la nourriture n'avait pas été son principal problème. Ce qui lui avait véritablement permis de survivre, c'était d'avoir découvert un monde dans lequel il avait pu préserver son identité. Grâce à ce monde, il avait vécu jusqu'au jour de sa délivrance comme un homme libre, en conservant sa dignité. Dans son monde, il put entretenir mentalement le sentiment d'agir sur le cours des événements, puisque ceux-ci dépendait uniquement de sa volonté. Alors que dans l'autre, le monde où il était prisonnier, il n'avait malheureusement aucune prise sur eux.

À son humble avis, il ne faisait aucun doute que le monde où il s'était réfugié soit réel, aussi réel que la chaîne qui le reliait à son mur. Et, pour avoir eu tout le loisir de l'explorer à fond, ce monde était le seul où l'homme puisse se prévaloir d'une quelconque liberté.

Ce témoignage stupéfiant eut un effet inattendu. Soudain, on se demanda ici et là s'il n'y avait pas un rapport entre le monde dont parlait l'homme des bois, et celui qu'on tentait vainement de nous dévoiler.

Ce fut l'occasion pour Céos de revenir sur le devant de la scène. La tenue d'une quatrième conférence s'imposa qui fut acceptée à condition d'être retransmise en directe sur les ondes à une heure de grande écoute afin de s'adresser au plus large public — estimé, finalement, plus apte à comprendre.

Échaudé par l'expérience de ses prédécesseurs, le nouveau porte-parole de la communauté scientifique eut à cœur de relier les choses entre elles et, pour simplifier à l'extrême, il voulut d'abord parler... de la complexité.

— Complexité et chaos sont au cœur de nos recherches, commença-t-il sur le ton qu'il convient d'adopter à propos de choses sérieuses. Des dernières avancées sur la question, il ressort que des règles simples n'existent que parce que la simplicité émerge à partir d'interactions complexes à des niveaux de description plus profonds. Autrement dit, du chaos peut émerger un ordre, une régularité, et cela jette un éclairage nouveau sur la théorie de l'évolution. En effet le concept d'émergence était jusqu'alors inconnu dans la nature ! Nous en étions restés à ce que disait Lavoisier : « Dans la nature, rien ne se perd, rien ne se crée, tout se transforme »… Donc, sans entrer dans l'inextricable inventaire des constituants ultimes de la matière, il suffit de savoir qu'ils se présentent *in fine* comme des vibrations énergétiques ou, si l'on préfère, comme un champ de force emmagasinant…

Le brave garçon n'eut pas plutôt fini sa phrase que le micro lui était déjà retiré. On lui sourit avec aménité et l'on se dépêcha de faire passer une page de publicité. Dans les coulisses, le directeur de la chaîne se déplaça en personne pour le menacer d'un procès et lui promettre que c'était bien la dernière fois que lui ou l'un de ses pairs mettraient les pieds sur un plateau de télévision !

Le désarroi des savants était à son comble, ils se maudissaient, qui de leur maladresse, qui de leur infortune, quand l'un d'eux eut une idée magistrale : — Et si l'on prenait comme nouvel émissaire l'homme des bois ? Si on le passait à la question pour savoir dans quelle mesure ce misérable serait capable de retenir ce qu'on lui dirait, et que voilà, ensuite, il irait se faire incendier à notre place par la populace ? Ainsi fut fait.

Mais l'homme des bois n'eut pas besoin d'aller chercher ses arguments bien loin. Il n'eut pas besoin de recourir aux dernières théories pour faire comprendre en quoi Céos était fait – ou n'était pas fait. Il lui suffit de raconter sa propre histoire, de parler avec son cœur en disant qu'il ne savait pas si Céos était le même monde que celui où il s'était réfugié, attaché à un mur comme un animal, mais qu'à ses yeux la réalité de ce monde-là n'était pas contestable, puisque c'était grâce à lui qu'il avait survécu, qu'il avait conservé le sentiment d'agir sur les choses – ici elles dépendaient toujours de sa volonté – sinon, il aurait perdu la raison… Il lui suffit ainsi de prononcer ces quelques mots, pour qu'enfin on le crut.

Car ces mondes existaient, ils nous appartenaient bel et bien, mais ils n'orbitaient que dans nos têtes.

C'étaient les mondes de nos représentations, ceux dans lesquels chacun de nous se construit. Chaque individu a le sien, il est le seul monde où nous soyons assuré d'être quelque chose, d'avoir un libre arbitre, plutôt que d'agir en réaction à une cause extérieure qui nous a précédé. Il est le seul où nous puissions nous prévaloir d'une quelconque liberté.

Alors, de toutes parts on vit naître un véritable engouement pour ces découvertes. Des femmes et des hommes qui avaient des choses à dire, mais qui par humilité laissaient ceux qui n'en avaient pas s'exprimer, se sentirent pousser des ailes.

LES TERRES RECULEES

En l'an un de l'ère des Grandes Errances, Xanathé était la ville la plus importante de la région des Terres Reculées. Ce territoire enclavé portait bien son nom car, s'il était assez vaste et riche en ressources naturelles, il entretenait peu de relations avec les pays voisins et le reste du monde.

Le commerce florissant de la métropole attirait les populations alentours qui, lassées de travailler la terre, affluaient en rangs serrés pour y échouer dans des conditions rendues au fur et à mesure plus précaires. Du matin au soir, ses rues encombrées fourmillaient de gens affairés que tout opposait : ceux qui, établis de longue date, avaient les moyens d'y vivre à leur aise, et ceux qui, portés par un espoir fou, venaient y chercher fortune.

Dans une large mesure Xanathé tenait sa prospérité au fait qu'un écrin de roches cerclait le pourtour des Terres Reculées en la protégeant des intrusions, notamment de celles des barbares.

Si la cité faisait rêver au-delà des cimes, il était difficile d'y parvenir, et plus encore d'en partir. Pourtant, au mépris du danger, des hordes de laissés-pour-compte tentaient sans arrêt de rejoindre des localités moins prisées, mais plus hospitalières.

Dans ces contrées inaccessibles, régnait Atiskan. De tempérament austère, il parlait peu et se livrait encore moins. Il était néanmoins soucieux du bien-être de ses sujets et n'empêchait personne d'entrer ou de quitter la ville. En souverain avisé, il savait que s'y établir était devenu difficile, et qu'en même temps il était hasardeux de passer de l'autre côté des barrières naturelles qu'une nature capricieuse avait posées là.

Ce roi sévère exerçait fermement son autorité sur les Terres Reculés, mais avec sagesse et sans ostentation. Aussi était-il craint et respecté. Toutefois, ce que tous ignoraient, c'est qu'il gardait par devers lui un lourd secret.

Quand bien même des masses bigarrées s'éreintaient en risquant leur vie pour atteindre ou fuir la région, lui, et lui seul, connaissait un passage qui traversait la montagne pour relier le pays aux plaines fertiles du levant. Large comme une rivière et haut comme les colonnes d'un temple, ce couloir avait dû être creusé par les eaux aux temps immémoriaux. Il s'étendait tel un serpent gigantesque pour finir par déboucher au-delà des massifs.

Si nul n'en avait jamais eu connaissance, c'est qu'une végétation luxuriante l'avait jusqu'ici caché à la vue des hommes. Atiskan lui-même le découvrit par hasard un jour où, s'ennuyant ferme, il arpentait son royaume à cheval dans un parfait anonymat.

Dès lors, devait-il dévoiler sa découverte urbi et orbi au risque de voir les malfaisants de la terre entière venir piller ses richesses et corrompre ses sujets ? Ça, il ne pouvait pas s'y résoudre ! Aussi Atiskan était-il déchiré, ce qui n'arrangeait pas son humeur. Il assistait tous les jours à l'exode de ceux qui ne pouvaient décemment s'installer à Xanathé par manque d'opportunité, sans pour autant pouvoir leur faciliter la tâche par crainte d'être envahi et mettre ses sujets en danger. Ce dilemme le rongeait, mais il ne savait que faire.

Maussade, il finit par consulter son plus loyal serviteur – qui était en même temps son conseiller préféré. Ils discutèrent longtemps car le sujet était délicat. Puis ensemble ils convinrent qu'il ne fallait en aucun cas porter cette information à la connaissance de la population, car alors la paix de son royaume serait définitivement compromise.

Or il se trouva que, peu après cette décision, Élégiac, un berger sans troupeau déçu des perspectives que lui offrait la ville, baguenaudait dans la campagne en attendant la prochaine vague de départs vers l'inconnu. En cueillant les baies sucrées qu'il croisait en chemin, il finit lui aussi par tomber sur l'entrée du passage. Intrigué par ses dimensions fantastiques qui semblaient ne pas avoir de limite, il entreprit de revenir sur ses pas pour réunir quelques provisions, et retourna explorer la galerie. Encouragé par ce qu'il découvrit en progressant, il s'y engagea aussi loin que possible. On ne le revit que bien plus tard.

Elégiac était le premier homme à avoir emprunté jusqu'au bout le chemin qui traversait les montagnes. Il s'était rendu au-delà des Terres Reculées et avait sillonné de long en large les pays limitrophes. Une fois sur place, il avait été chassé, pourchassé, houspillé, embabouiné, et il s'était fait avoir… Ce qu'il gagna au nord, il se le fit voler au sud. Sans travail à l'est, il finit par mendier à l'ouest.

Bien que jeune sur la terre, Élégiac avait déjà beaucoup souffert quand il décida de retourner à Xanathé, car il s'était fait un devoir de divulguer son secret pour que ses semblables puissent eux aussi tenter leur chance sous d'autres cieux, sans risquer leur vie.

Des années s'étaient écoulées depuis le jour où il avait découvert la voie traversière, mais il y avait toujours autant de gens à Xanathé qui étaient prêts à franchir les montagnes au risque d'une périlleuse randonnée, dans l'espoir d'une vie meilleure.

Autrefois, il avait eut les mêmes rêves, les mêmes appréhensions aussi. Comme une nouvelle expédition s'organisait, il s'y mêla et participa aux dispositions nécessaires. Mais il se réjouissait par avance de la joie qu'il allait apporter à tous ces déshérités en livrant son secret. Et il s'apprêtait à le faire quand, soudain, il se ravisa.

— Que vont chercher ces pauvres diables au-delà des monts? se dit-il. N'est-ce pas leur foi en l'avenir qui leur donne la force de vivre en dépit de l'adversité ? Faut-il leur ôter leurs espoirs en leur révélant la triste réalité ?

Cette question le tourmenta pendant les préparatifs et jusqu'à la veille du départ. Finalement, il décida de partir avec eux sur l'itinéraire étroit qui sillonnait la montagne, sans leur dévoiler le passage qui pourtant leur aurait évité bien de la peine.

Le terrible cortège s'ébranlait depuis déjà quelques jours quand une affreuse tempête éclata.

On n'avait jamais vu d'orage aussi fort, jamais vu autant d'éclairs. Les grêlons tombaient drus comme des météores, et faisaient des trous dans la terre…

Effrayées, les mères de famille envisagèrent de faire demi-tour. Les hommes établirent un camp de fortune pour mettre femmes et enfants à l'abri en attendant que la furie du ciel daigne se calmer.

Harassés, les hommes se réunirent à l'écart pour réfléchir à la situation. Quelqu'un parla en premier :

— La route sera longue et dure, annonça-t-il d'entrée de jeu, et nul ne sait si nous serons tous vivants pour en voir le bout. Mais avons-nous le choix ? Xanathé ne nous offre aucun avenir. Si nous voulons procurer le meilleur à nos familles, il nous faut continuer malgré les difficultés. Ce sera notre fierté si, un jour, ceux que nous aimons nous remercient.

Mais d'autres voix se firent entendre qui n'étaient pas teintées du même optimisme.

— Pourquoi s'acharner quand il est encore temps de rebrousser chemin ? Retournons dans nos campagnes, nous n'y étions pas si malheureux ! répondit quelqu'un à sa droite.

— Il a raison, notre traversée se présente mal ! Tout indique qu'elle est placée sous de mauvais auspices. Ne défions pas le sort, renchérit un second sur sa gauche.

Il y eut ainsi une litanie de plaintes et de reproches que les uns jetèrent à la figure des autres. Un grand désordre régnait dans l'assemblée où le courage commençait à déserter les plus braves. On s'apprêtait à prendre une décision quand Élégiac se manifesta :

— C'est la douleur qui nous apprend à aimer la vie. Poursuivons notre chemin, conseilla-t-il sibyllin.

On ne prêta aucune attention à ses paroles car elles n'étaient claires pour personne. Les hommes continuaient à deviser âprement lorsqu'il intervint de nouveau.

— S'il existait un itinéraire plus facile, nombreux seraient ceux qui l'auraient emprunté et seraient sans doute déjà revenus. Vous tous sauriez alors ce qu'il y a derrière les montagnes. Mais seriez-vous plus heureux si vos rêves étaient infondés ?

— Puisqu'il n'y a pas d'autre itinéraire, cesse de faire le malin. Et tais-toi s'il te plaît, lui répondit-on vertement.

Et il se tut.

Finalement, la tempête s'arrêta et la marche reprit son cours. Après bien des souffrances tout le monde finit par atteindre l'autre côté et les familles s'égaillèrent alors par monts et par vaux. Plus tard, certaines d'entre elles se croisèrent et s'interpellèrent les larmes aux yeux, pour partager leurs déconvenues.

    Faute d'avoir rencontré l'âme sœur, et sans autre attache dans ce monde, Élégiac revint à Xanathé. En débouchant de la galerie secrète du côté des Terres Reculées, le roi Atiskan qui comme à son habitude chevauchait incognito, le surprit.

    Se méprenant chacun sur leur compte, ils cherchèrent à faire connaissance. Très vite, ils comprirent qu'ils étaient les seuls à connaître le passage et que, s'ils ne l'avaient pas encore divulgué, c'est qu'il y avait une raison à cela. Mais quelle était celle de l'autre ? Malgré les subtils détours de la conversation, aucun des deux ne semblait disposé à livrer la sienne. Et, curieusement, cette défiance mutuelle les rassura.

    Tourmentés depuis des années, chacun en son for intérieur s'accusait de garder un secret aussi pesant, même s'ils estimaient avoir un bon motif pour le faire. Mais ce motif qui avait un sens pour l'un, en avait-il pour les autres ? Incapable d'en juger, ils avaient pris le parti de ne rien dire. Durant leur échange, les deux hommes se jaugèrent. Après avoir discuté de sujets anodins, ils estimèrent mutuellement que celui avec qui ils s'entretenaient avait l'air sensé. Chacun pensa alors en lui-même concernant l'autre : — Pour ce qui est du passage secret, il peut agir comme bon lui semble, pour ma part je n'en parlerai pas.

Depuis ce temps, les hommes prennent toujours la voie la plus dure pour arriver à leurs fins. Ils s'y engagent en maugréant et en maudissant leur sort, sans savoir que la destination importe peu, mais que l'essentiel réside dans le chemin emprunté pour y parvenir. C'est lui qui nous change.

LE SORTILEGE DU TEMPS

La première personne qu'appela Igor en descendant d'avion fut son ami d'enfance, Felix, le compagnon avec lequel il avait dégommé un nombre considérable de petits soldats en plastiques avec des billes d'argile. Ce n'est qu'au moment de quitter le lycée que leurs chemins avaient bifurqué. Igor prépara alors une école de commerce, tandis que Félix, plutôt littéraire, s'inscrivit à la Sorbonne.

Igor réussit à trouver son premier job aux États-Unis dans l'entreprise qui l'avait accueilli pour son stage de fin d'étude. Sans songer à y rester, il voulait à la fois profiter de l'occasion pour mieux connaître une culture dont il avait été si abondamment imprégné, et surtout faire l'expérience du dynamisme entrepreneurial si propre à ce grand pays. Quant aux perspectives qui s'offraient à lui, il ne pouvait que s'en féliciter, son premier salaire était bien plus élevé que les standards hexagonaux.

Curieux et jovial, il eut vite fait de se créer un bon réseau de relations avec lesquelles il fréquentait les endroits branchés de Los Angeles, et il y avait beaucoup à faire de ce côté-là. Cependant, lui qui avait pris le goût des conversations éthérées au contact de Félix – penchant dont il avait vainement essayé de se défaire – quelque chose lui manquait.

De son côté, Félix n'avait pas démérité non plus. Seulement sa vie était moins glamour et, depuis qu'Igor n'était plus là pour le ramener sur Terre, il explorait davantage son monde intérieur que celui dans lequel ses camarades s'efforçaient de trouver leur place.

Leurs tempéraments très différents, qui étaient aussi la marque de leur complémentarité, faisaient qu'ils étaient toujours heureux de se revoir. Leurs contacts réguliers les maintenaient proches l'un de l'autre, mais Igor perdait l'habitude de fréquenter des personnes comme Félix. Au fur et à mesure les occupations de ce dernier lui apparaissaient un peu ternes. Interrogé sur ses activités, Félix n'avait que ses lectures à évoquer, et quand Igor essayait de l'orienter sur ses sorties ou sur ses rencontres, Felix était obligé de se creuser la cervelle pour savoir quoi en dire.

Si leur amitié n'en souffrait pas, Igor s'inquiétait de la pente sur laquelle s'engageait son camarade. Et avec l'habitude qu'il avait acquise de prendre le taureau par les cornes, il se mit en tête d'inciter Félix à adopter un mode de vie plus conforme à l'image qu'il se faisait de lui, considérant le sien, de son point de vue californien, très décalé.

Il mit donc à profit son voyage pour murir sa stratégie et, à peine sorti de l'aéroport, tout était bouclé : il avait invité son ami dans un grand restaurant parisien – saisissant du même coup l'occasion de renouer avec la bonne cuisine française, en vogue mais trop coûteuse outre-Atlantique.

Ce dîner fut pour lui extraordinaire, mais il fut aussi la dernière occasion qu'il eut de revoir Felix. Igor se maria et s'établit définitivement sur le sol américain. Avec leurs occupations respectives et les milles nautiques qui les séparaient, les deux amis finirent par se perdre de vue. Pourtant, tout au long de sa vie, Igor pensa à Félix. Sa dernière soirée avec lui, autour d'une table raffinée, resta à jamais gravée dans sa mémoire. Mais ce n'est pas du menu dont il se souvenait, ce qui s'imprima définitivement dans son esprit fut la teneur de leurs échanges.

Ceci en est le compte rendu imparfait :

– Je ne sais pas de ton côté, Félix, mais je trouve les temps moroses. On s'ennuierait presque.

– Mais oui, Igor, le temps est long quand il ne se passe rien.
– Et toi alors, que deviens-tu ?
– J'attends.
– Tu attends quoi ?
– J'attends qu'il se passe quelque chose.
– Ça paraît raisonnable, nous en sommes à peu près tous là. Quoique dans ton cas, Félix, il y a quand même une petite différence.
– Ah oui, en quoi ?
– Tu m'excuseras d'être direct, mais on a l'habitude de se parler sans détour… Admets quand même que ça n'a pas été facile de te faire bouger de chez toi. Je ne sais pas mais, ton manque d'enthousiasme, ton inertie en quelque sorte, alors même que je t'invitais à dîner au Crillon, eh bien, j'aurais pu me vexer. Du reste au téléphone je me suis demandé : fait-il la gueule ? A-t-il décidé de se couper du monde ? De là vient la *petite différence* que j'évoquais. Et ma perplexité aussi, car si on y met de la mauvaise volonté, on peut passer sa vie à attendre sans qu'il n'arrive rien. Voilà, c'est dit, je me sens mieux !
– Désolé Igor, je te remercie bien sûr pour ton invitation, ce n'est pas tous les jours que je dîne au Crillon. Tu n'imagines pas le plaisir que tu me fais, c'est que, vois-tu, je suis indécrottable de ce côté-là. Depuis que tu n'es plus là pour me bousculer, je

dérive. Mais je ne me coupe pas du monde Igor, j'essaie de le mettre à distance de moi-même.

— Qui t'en blâmerait en ces temps difficiles ? Il faut juste éviter de le perdre de vue. Toi qui lis beaucoup, tu sais qu'il est facile de ne plus vivre dans le réel.

— Rassure-toi, si on s'en tient à ce que je fais de mes journées, je suis dans le réel puisque je suis à l'affût du possible.

— Sacré Félix, tu n'as pas perdu ton sens de l'humour ! Enfin, pour moi, être dans le réel c'est sortir, entretenir des relations, avoir des activités, se confronter aux difficultés, et...

— Je m'y prépare.

— En faisant quoi ?

— Euh... en prenant conscience de la réalité qui m'entoure.

— A ma connaissance, la réalité qui t'entoure se borne aux livres dans lesquels tu te plonges du matin au soir et à ton hamster dont, tu ne m'en voudras pas, je ne me rappelle plus le nom. Avec les talents qui sont les tiens, quand vas-tu te décider à prendre ta place dans le monde ?

— Je n'en ai pas.

— Et pourquoi n'en aurais-tu pas, toi ?

— Parce qu'il n'y a pas de place dans le monde pour la conscience qui l'observe.

— Voilà une jolie formule qui te résume à merveille ! Alors avec ton sens de l'observation, tu as dû remarquer que, dehors, la vie bat son plein, la vie jolie, la vie toute simple. Il suffit de renoncer à quelques-uns de ses idéaux et d'aller à sa rencontre. Le problème avec toi, c'est que tu as toujours été en quête d'absolu. Ne penses-tu pas qu'il serait temps à présent de faire des choix, de te projeter dans l'avenir ?

– De quel avenir veux-tu parler ?

– Du tien pardi, de ce que tu vas choisir de devenir.

– C'est ce que je fais, je t'assure Igor, j'ai bien conscience que tout homme doit choisir ce qu'il veut devenir. Seulement n'est-ce pas en décidant du type de rapport qu'il aura avec l'absolu que chacun de nous choisit le type d'homme qu'il sera ?

– Sans doute, Félix, sans doute... Je constate avec joie que tu es en pleine forme ; tant mieux, tant mieux ! parce que, figure-toi, je n'avais pas l'intention de te ménager. Bref, en arrêtant d'accrocher sur les mots, la seule chose qui me soucie c'est toi. Or il me semble que tu tournes en rond, ce qui n'est pas bon. En attendant, le temps passe.

– Rien n'est plus vrai Igor ! Ça n'a pas été simple pour moi de m'en rendre compte, mais grâce à Dieu, j'y suis arrivé.

– Je t'en félicite. Et alors, si ce n'est pas indiscret, qu'en as-tu conclu ?

– Que la réalité du temps ne se manifeste à nous *que* par l'expérience d'un *délai*.
– De quoi parles-tu, Felix ?
– Du temps qui passe... c'est toi qui as amené le sujet sur la table.
– La question n'est pas là, je parlais de tes projets.
– J'y venais, ne sois pas pressé, nous avons tout le temps. Regarde, maintenant, j'ai perdu le fil… Bon ça ne fait rien, le cadre est joli, profitons-en. Donc, le *délai* dont je parlais, sans lequel le temps n'a pas de réalité pour nous, il est, vois-tu, la condition d'une attente car, tu ne le contesteras pas, il n'y a pas d'attente sans délai. Or, et c'est là toute l'affaire, que cette attente soit celle d'un projet ou de n'importe quel autre motif, il n'empêche que la vie est la condition de ce projet ou de ce motif – autrement dit : il faut nécessairement être vivant pour en avoir un – je crois que là-dessus aucune objection n'est possible !
– C'est quoi ce délire ? Je subodore un piège.
– Il n'y en a pas, Igor, je veux juste te signaler que l'attente est l'expression même de la vie. D'ailleurs, soit dit en passant, tu noteras aussi que notre perception du temps emprunte le même chemin que celui par lequel la vie s'accomplit, la forme est la même, celle d'une succession de délais.
– Pour être honnête, Félix, je ne m'étais jamais soucié du chemin qu'utilisait le temps pour nous

convaincre de son existence, et encore moins de savoir s'il y en avait un autre.

– Eh bien tu avais tort, parce qu'il est essentiel de savoir quelle réalité il a pour nous, je veux dire *nous* les humains. Et il est naturel de se demander s'il pourrait y en avoir une autre, même si, il faut le reconnaître, cette question n'a pas été jugée digne d'intérêt jusqu'à présent.

– Je n'ai absolument rien compris mais j'imagine que ce n'est pas pour te déplaire. J'ai néanmoins retenu une chose : quand on est vivant, on a un projet d'une manière ou d'une autre...

– Parfaitement Igor.

– À la bonne heure ! Alors, que vas-tu faire dorénavant ?

– Guetter l'avenir.

– Seigneur Dieu ! et comment vas-tu t'y prendre ? Tu crois peut-être que la vie s'apprend sur les bancs de la faculté, ou sur internet, que sais-je encore ? Fais attention, mon ami, personne ne va attendre après toi. Si tu ne montes pas dans le train maintenant, tu resteras sur le quai.

– À quoi fais-tu allusion, Igor ?

– À ton attentisme voyons... On dirait que ton ambition est de regarder la vie défiler devant tes yeux pour savoir à quoi elle aboutira.

– Si l'attente est l'expression même de la vie, Igor, toute vie ne se passe-t-elle pas à attendre qu'elle ait fini ?

- M'enfin Félix, il faut d'abord qu'elle soit vécue, il faut qu'elle soit peuplée de souvenirs, d'émotions, de sentiments ! Sinon de quoi remplirait-on sa mémoire ?
- Là, tu mets le doigt sur un problème.
- Ah, je suis ravi d'en avoir déniché un ! Alors, avec tes mots, pourrais-tu l'énoncer ? Ne serait-il pas, par hasard, à l'origine de la crise que tu traverses ?
- Tu trouves que je traverse une crise ? Cela dit, c'est plausible, la mémoire est à l'origine de bien des crises.
- D'accord, mais si tu me le permets Félix, dans ton cas c'est l'inverse.
- Que veux-tu dire ?
- Je veux dire que chez toi c'est l'attente qui, par opposition à la mémoire, en ne faisant du présent qu'une vigie d'où tu guettes l'avenir, te fait sentir combien tu appartiens peu au réel puisque tu n'y es qu'à l'affût du possible. Et, si je peux me permettre, il y a aussi que ton imagination te pousse vers un idéal qui puisse satisfaire à la fois ton cœur et ton esprit. Seulement, vois-tu, cette recherche d'absolu pourrait être louable si elle ne te détournait pas du réel qui, par contrecoup, t'apparaît évanescent, précaire, toujours perçu en un lieu déterminé et à un moment précis. Alors qu'à l'inverse, indépendamment de la réalité, ce que tu imagines est affranchi de tout rapport à

l'espace et au temps. Voilà pourquoi, mon ami, tu te réfugies dans tes songes.

– Bien vu ! Mais je te signale que l'imaginaire et la réalité sont liés. À tel point que, même en l'absence de toute réalité, notre imagination est capable de susciter des sensations semblables à celles qui nous viennent du dehors. Dis-moi, n'as-tu jamais cru percevoir ce que tu n'avais fait qu'imaginer ? C'est pourtant ce qui explique pourquoi il y a autant de gens qui croient encore aux fantômes ou aux ovnis. Mais le propre du réel est d'être en proie au possible, comme le propre du présent est d'être en proie à l'avenir. Ce qui, tu me l'accorderas, ne me place nulle part ailleurs que dans le réel.

– A la bonne heure ! je vois que tu n'as pas perdu ton sens de la répartie. Quoi qu'il en soit, tu l'as deviné, ma seule préoccupation c'est que tu te décides à affronter la vie sans tarder. On a parlé du temps qui passe, ce qui nous a conduit au-delà de ce que j'imaginais, mais sais-tu que le temps détruit tout sur son passage, les idéaux, l'amour, rien ne lui résiste. Il est impossible de lui échapper, à moins que tu n'aies dans la manche une botte secrète. Donc nous sommes mortels, nous vieillissons... Et entre-temps, nous changeons de perspective, nous percevons les choses différemment. Ce qui était important hier, aujourd'hui ne l'est plus, nos espoirs déçus, nos ambitions bafouées, même les réussites dont on était si fier, tout cela devient dérisoire. Au final on ne retient que les joies, l'amour de nos proches, ce que l'on a fait d'utile. La personne que nous étions au début, avec son caractère trempé, ses idées bien arrêtées, finit imperceptiblement par nous être étrangère.

– Sans vouloir te contrarier, Igor, je pense, contrairement à toi, que ni notre conscience, ni notre attente, ni le sentiment que nous avons d'être soi, ne vieillissent si peu que ce soit. De là vient le sentiment étrange que nous avons au cours et jusqu'à la fin de notre vie d'être le même qu'au début.

– Si ce n'est pas trop te demander, Félix, m'expliquerais-tu comment, toi, tu pourrais savoir ça ?

– Je le sais parce que ce qui vieillit en nous est autre chose que nous, c'est notre corps. Notre conscience en est dissociée. D'où, Igor, ce rapport intemporel que nous avons avec le temps.

– Notre rapport intemporel avec le temps... Allons, allons, tu y vas un peu fort, non ?

– Non, puisque la conscience *n'est* que la scission entre le sujet qui a conscience et l'objet dont il a conscience, elle n'est possible qu'à cette condition. Même si notre corps fait partie du monde, qu'il englobe comme il englobe toute chose, le monde n'englobe pas notre conscience, elle se le représente. Par conséquent, nous pouvons vieillir, nous aurons toujours, jusqu'à la fin de notre vie, le sentiment d'être le même, de n'avoir pas changé. Certes avec le temps nous constaterons notre décrépitude, et nous la déplorerons, mais notre conscience, elle, ne l'éprouvera jamais, parce qu'elle ne le peut pas. D'où notre rapport intemporel avec le temps.

− Ah bon, ainsi on ne changerait pas, on traverserait l'existence sans éprouver de changement en nous, le problème de la vieillesse n'en serait pas un... Dis-moi, Félix, tu pourrais gagner beaucoup d'argent si tu arrivais à convaincre les gens de cette bonne nouvelle.

− Tu déformes tout, Igor, ou bien tu le fais exprès. Prends les vielles personnes, par exemple, contrairement à ce que l'on croit, elles ne se sentent pas différentes de ce qu'elles étaient du temps de leur jeunesse, excepté leur corps. Mais leur corps est une chose et leur conscience en est une autre. Leur entourage peut essayer d'adoucir leur sort par leur compassion, ou les trouver indignes d'intérêt, elles ne comprennent tout simplement pas pourquoi on ne les considère pas comme avant. Voilà ce qui fait parfois l'étrangeté de leurs regards, cet effarement qui ressemble tellement à celui des enfants devant ce qu'ils cherchent à percer.

− Supposons, supposons... De toute façon tu m'as perdu en route. Et cette fois, pour faire bonne figure, je vais être tenté d'accuser le vin. Mais je vois que ton verre est vide, et la bouteille aussi. Qu'à cela ne tienne, on fête nos retrouvailles ! Garçon...

– Bon, Félix, je t'ai compris ! Tes idées sont intéressantes, insolites, et ce n'est pas pour me déplaire surtout depuis que je vis aux Etats-Unis. D'un certain côté, elles m'apparaissent même touchantes, seulement voilà, finalement, je me demande qu'elle est le sens que tu donnes à la vie ?

– Pas celui qu'on lui attribue, Igor. La vie est à elle-même son propre sens, non pas le but qu'on lui assigne mais de s'en approcher, non pas la fin mais son intervalle.

– Reconnais seulement que notre bonheur dépend du sentiment que l'on a de sa propre réussite, et que l'aspect matériel de l'existence y est pour quelque chose.

– Pour moi non, son aboutissement ne représente rien en soi, seul compte son dynamisme. La preuve en est que nul n'est jamais aussi heureux qu'en s'attendant à l'être.

– « Jamais aussi heureux qu'en s'attendant à l'être »... encore une formule dont tu as le secret ! Mais ce vin-là, Félix, celui qu'on vient de nous apporter, et qui va me ruiner, qu'en dis-tu ? Ne fait-il pas son effet promptement, et ne serais-tu pas malheureux s'il te fallait attendre pour le boire ?

– Je reconnais humblement que ce vin n'a besoin d'aucun délais pour rendre heureux celui qui l'ingurgite. Et, je te le dis sans ambages, s'il me fallait attendre ou en être privé, je t'accuserais de cruauté.

– Nous sommes d'accord ! Alors, puisque tu as du jugement, admets aussi que tu as oublié une chose fondamentale : notre besoin de reconnaissance. Ce que nous représentons aux yeux des autres, les actions sur lesquelles on nous juge, tout ce qui au fond détermine le sentiment que nous avons de notre valeur... Avoue que tu l'as négligé. On ne vit pas pour soi, Félix, on n'est pas à soi-même sa propre raison d'être.

– Si je m'identifie à l'image que les autres ont de moi, Igor, j'ai mon *moi* dans autrui. Avoue de ton côté que c'est curieux.

– J'ai pourtant la conviction que notre *moi* a sa vérité, son accomplissement, hors de soi, dans l'imagination, dans la conscience d'autrui, et que notre existence n'a de sens que par rapport aux autres.

– Le *moi* dont tu parles Igor, est un produit manufacturé, sorti des fabriques où nous avons été éduqués. Il est l'intériorisation d'un personnage dans la mesure où l'on finit par être aux yeux des autres ce que l'on exerce ; il implique des cadres sociaux pour lui servir de repères. Ce *moi* est le reflet des étiquettes, des conventions et des influences d'une société. Ce n'est pas le *moi* objectif ! Celui-là se trouve uniquement dans la façon toute particulière par laquelle s'exprime notre rapport au monde, par la distance qui nous en sépare et l'interprétation que nous en avons, par le style de notre relation aux autres et par la proximité plus ou moins grande que leur imprime notre sensibilité.

– Ce que tu dis est troublant, Félix, je ne veux pas te donner raison et en même temps je lutte pour ne pas me laisser convaincre. Peut-être est-ce parce qu'il en ressort une solitude originaire qui ne me convient pas ?

– Ou que tu redoutes ? Blague à part, pour ce qui me concerne sois tranquille, je ne souffre pas de solitude. La plupart du temps je me sens au contraire entouré de trop de gens.

– Le sentiment de solitude n'exprime pas l'absence de voisinage, mais plutôt l'attente déçue de quelque sympathie. Être seul, Félix, c'est se sentir exclu de la communauté, ce qui semble être ce que tu recherches.

– En vérité, Igor, je ne pense pas que la communauté s'intéresse à nous autant qu'il te plaît de le croire.

– C'est pourtant elle qui motive nos actions, elle qui nous accompagne dans nos épreuves, qui loue nos efforts et applaudit à nos succès. Il faut seulement se montrer digne de son attention, ou du moins ne pas s'y soustraire.

– Encore une fois, mon opinion est totalement différente Igor. Nous sommes si peu du monde que rien de ce qui nous bouleverse n'y produit la moindre ride ni ne nous y attire le plus minime intérêt. Sonde les gens autour de toi ou lis les témoignages de ceux qui en ont laissés. Tu verras que l'attention qui leur a été portée, de leur vivant, les ont beaucoup déçus – y compris quand il s'est agi d'hommes ou de femmes remarquables célébrés *plus tard* par la postérité ; de leur temps, ils n'ont pas eu le bonheur de se sentir appartenir à la communauté. Le paradoxe est qu'il n'y a rien de plus commun à tous les hommes que le sentiment d'exclusion dont tu parles, Igor, car il est purement constitutif de notre conscience. Tout en étant isolée et séparée du monde rien ne la singularise, si bien que personne ne peut en connaître quoi que ce soit, ni partager ses représentations. Il faut donc s'attendre à quitter ce monde plus seul encore que nous n'y sommes venus.

– Décidément, tu es infernal ! Ton regard envers les gens est aussi intransigeant que celui que tu portes à toi-même. Moi, je pense que chaque être est différent, que nous avons tous notre sensibilité, notre rôle...

– Ce n'est pas le rôle que nous jouons qui exprime et caractérise notre moi, mais la façon que nous avons de le jouer : par le choix que nous faisons d'apparaître aux autres sous telle perspective, dans tel ou tel registre ; par l'ensemble de nos attitudes et de nos comportements. Autant dire par nos aptitudes affectives plutôt que par la mission que nous a confiée la société des hommes.

– Ben dis donc, la vie n'est pas simple quand on t'écoute. J'espère seulement que tu n'auras pas à rechercher du réconfort auprès des autres.

– Pourquoi ?

– Parce que tu ne sauras jamais qui tu es pour autrui.

– Au moins mon existence ne sera-t-elle pas sur le point d'être anéantie sitôt que je cesserai de la sentir observée, comme c'est le cas des personnes qui sont sur réseaux sociaux.

– Hum... je m'interroge, Félix. Tes arguments sont séduisants et tu es bien armé pour te défendre. Mais, au fond, ta force ne viendrait-elle pas du fait que tu ne t'intéresses qu'à toi ? Fais attention, l'égoïsme est la forme la plus banale que prend la vie lorsque sa vitalité s'épuise, et quand l'envie de communiquer a disparu.

– Je ne crois pas être égoïste Igor. Si je l'étais, les autres ne me tourmenteraient pas autant. Ceci dit j'entends ce que tu veux dire. Dans ce cas il faudrait plutôt parler d'orgueil, sauf que l'orgueil est une avarice de l'être (je suis tout à moi), comme l'avarice est un orgueil de l'avoir (tout est à moi).

En ce qui me concerne je suis plutôt dans l'idée que tout est à eux.

— C'est bizarre, mon ami, j'ignore comment tu opères, mais tes paroles me font du bien, même si, je l'avoue, elles m'effraient. Peut-être parce qu'on peut y déceler une grande détresse.

— Ce n'est pas de la détresse, Igor, où que nous allions, quoi que nous fassions, nous aurons toujours le sentiment d'être un étranger, d'être exclu de la communauté, car tout homme est retranché de tous les autres par le secret de sa conscience.

DAISY

I

Un flot d'informations nous parvenait en temps réel de tous les endroits du globe et, parmi elles, il y en avait d'inquiétantes. Notamment les faits divers qui annonçaient des suicides survenus ici ou là. Ils se comptaient par centaines et concernaient toutes sortes de gens, des plus jeunes aux plus âgés.
On n'avait jamais vu une telle hécatombe, jamais vu autant de morts. Les gens tombaient comme des mouches — au sens propre du terme car ils choisissaient fréquemment de se jeter par les fenêtres. Alors on creusait des trous dans la terre pour les enterrer, et cacher l'ampleur du phénomène.

Mais ce n'était pas, et de loin, le principal problème des autorités. Ce qui les souciait davantage était que ces passages à l'acte advenaient pour la plupart à la suite de messages reçus sur le téléphone portable des victimes. Certains s'adressaient à elles personnellement, il pouvait s'agir de calomnies ou de ragots colportés à travers les réseaux sociaux, voire purement et simplement de harcèlement. Mais il y en avait d'autres qui ne les concernaient pas directement, enfin, pouvait-on le penser. Néanmoins, les gens mouraient quand même.

Pourquoi donc étaient-ils si cruellement touchés ? Eh bien, parce qu'ils apprenaient des choses qui remettaient en question leur avenir, et sapaient les soubassements mêmes sur lesquels ils s'étaient construits.

Leur disait-on que la fin du monde était imminente, ils ne voulaient pas voir ça, et enjambaient la balustrade. Leur apprenait-on que la vie extra-terrestre existait bel et bien, ils se voyaient aussitôt dépecés par des monstres verdâtres, et préféraient en finir par eux-mêmes.

S'ils ne succombaient pas, d'autres étaient fortement déstabilisés par certaines révélations. Or il se trouvait qu'à cette époque, il en tombait sans arrêt. Ainsi pouvait-on découvrir que, depuis des décennies, les historiens nous mentaient. On savait maintenant que Napoléon n'avait jamais été corse, mais qu'il était né anglais au service de Sa Majesté. Les batailles livrées sur le continent n'avaient servi qu'à détourner l'attention des nations belligérantes au profit de la perfide Albion. Et comme ces batailles avaient fait couler beaucoup d'encre, on avait ici la mesure de l'enfumage de masse mis en œuvre pour nous abuser.

Pareil pour Marilyn Monroe qui en vrai était un garçon, pour les Rothschild qui n'avaient pas un sou vaillant, et pour le Prince d'Orange qui, s'en doutait-on, ne supportait pas cette couleur.

Certaines de ces tardives divulgations ne portaient pas à conséquence, mais d'autres revêtaient une réelle importance. Au cours de la seconde guerre mondiale par exemple, ce ne sont pas les américains ni les russes qui ont permis la victoire des Alliés sur les forces de l'Axe, c'est en réalité l'intervention décisive du Tibet qui fit pencher la balance dans le camp de la démocratie, et il n'était pas normal que le Dalaï-lama ne soit pas reçu en visite officielle en France... Pearl Harbor ne fut pas attaqué par l'aviation japonaise, mais par des sauterelles qui, en réalité, a été la toute première manifestation du dérèglement climatique. J'en passe et des meilleurs.

Les sujets scientifiques n'étaient pas en reste. À ce propos l'article d'une prestigieuse revue avait eu un écho fantastique puisqu'il concernait la structure même de nos sociétés occidentales. Des chercheurs en sociologie avaient eu la somptueuse idée d'étudier de près l'impact que pouvait avoir la « vie en couple ». Le travail avait été examiné avec attention car les données portaient sur une gigantesque cohorte de binômes, ce qui rendait la statistique très fiable.

Et le résultat était sans appel : il valait beaucoup mieux être célibataire ! Tout indiquait qu'il était plus facile de tirer parti de cette situation comparativement aux contraintes inhérentes à la vie conjugale. Quant à la santé physique, là non plus, il n'y avait pas photo : les célibataires se portaient mieux. L'article démontrait aussi qu'il suffisait d'avoir un cercle d'amis de dix personnes pour être heureux. Dix personnes, et l'affaire était dans le sac, alors qu'on s'échinait aujourd'hui à conserver des centaines d'amis sur les réseaux sociaux ! Les gens en étaient bouleversés.

Au vu des réactions induites par ces annonces, les responsables politiques de tous bords devaient se serrer les coudes s'ils voulaient enrayer la funeste habitude qu'avaient leurs concitoyens de passer impétueusement de vie à trépas. Malheureusement, les informations délétères pouvaient servir des intérêts qui n'allaient pas nécessairement dans le même sens. D'aucuns n'étaient pas mécontents quand disparaissaient des individus dont les acquis culturels les rendaient peu enclins à les suivre.

Pour ceux qui étaient davantage dans une recherche d'efficacité, il fallait se rendre à l'évidence : — Si l'information tue, supprimons-la !

Mais les médias n'étaient pas d'accord. Sous prétexte de parasitage informationnel, devait-on revenir à l'époque où, de sombre mémoire, la censure sévissait partout ? Les démocraties en perdraient leur âme, et de toute façon la chose était impossible sur le plan pratique.

Si les gens étaient effrayés par les avalanches de scoops contradictoires qu'ils scrutaient avidement, ils avaient plus peur encore d'être manipulés. Ils ressentaient le besoin de se tenir au courant afin d'être capables de réagir au cas où. Combien de leurs voisins ou de leurs proches avaient découvert le pot aux roses ?

Et pour couronner le tout, on apprenait que des complots se fomentaient tous azimuts. Pour preuve, les abondants détails livrés a posteriori afin d'expliquer la survenue de n'importe quelle catastrophe. Ils étaient si nombreux qu'ils poussaient à retenir cette version camouflée des faits.

Il y avait donc péril en la demeure car, avec l'avancée fulgurante des technologies de l'information, le monde était dans une mauvaise passe.

Dans cette ambiance morose, Kenshin, cloîtré dans son studio, eut envie de faire un brin de causette. Il effleura son portable pour appeler son amie.

— Bonjour Daisy, voudrais-tu te promener avec moi ?

— Bonjour Kenshin, je suis heureuse de t'entendre. Oui, c'est une bonne idée. Où allons-nous ?

— J'aimerais aller au Jardin des plantes, je te montrerai des fleurs et nous pourrons bavarder.

— Je suis prête, allons-y.

Kenshin entretenait une relation avec Daisy depuis deux ans. Ils s'étaient liés au Japon juste avant qu'il ne soit accueilli à Paris dans un laboratoire de l'Université Pierre et Marie Curie pour terminer ses études. Daisy l'avait accompagné.

Heureusement, car elle était sa seule amie au pays des Lumières. Ils s'entendaient parfaitement parce qu'elle était toujours de bonne humeur et toujours disponible. Comme Kenshin consacrait la majeure partie de son temps à son mémoire de thèse, il était reconnaissant à Daisy de s'adapter aussi facilement aux circonstances. Il faut dire que de son côté, il était attentionné à son égard et d'une délicatesse raffinée. C'était tant mieux parce que Daisy aussi était très délicate, et surtout bien élevée.

D'un naturel réservé, Kenshin ne se confiait pas facilement, mais peu à peu lui et Daisy s'étaient découvert beaucoup d'affinités. Daisy lui donnait des conseils, se préoccupait de ce qu'il mangeait et de sa santé. Le sport était une chose importante à ses yeux, elle lui suggérait d'ailleurs souvent de prendre l'air. Grâce à Daisy, Kenshin menait une vie saine et équilibrée, il était en forme et ne s'ennuyait pas.

Outre un solide bon sens, les connaissances de Daisy étaient très étendues. Elle était à l'aise sur n'importe quel sujet et faisait preuve d'une culture époustouflante. Les dates et les chiffres qu'elle avançait s'avéraient toujours exactes, ce qui est précieux quand on sait le nombre d'erreurs ou d'approximations que l'on peut commettre en la matière. Sachant se montrer autoritaire, elle savait aussi être souple. En somme, Daisy était une compagne idéale. Du reste Kenshin pensait qu'il avait de la chance de l'avoir et ne pouvait plus s'en passer.

Le soleil brillait sur la capitale et le parfum des fleurs embaumait l'air du Jardin des plantes. En parcourant les allées, Kenshin filmait les lieux avec son smartphone pour en faire profiter son amie. Comme elle n'était pas encore dotée d'une reconnaissance olfactive, il lui détaillait les arômes qu'exhalait la formidable diversité végétale de ce lieu unique à Paris. Si Daisy était un avatar virtuel, elle n'avait rien à envier à ses concurrentes de chair et de sang, si ce n'est d'exister réellement.

II

Après un bon bol d'air, Kenshin rentra chez lui en papotant avec Daisy.

— As-tu prévu des distractions au cours de la semaine, lui demanda-t-elle de sa voix suave.

— Non, je pense travailler sur mon mémoire.

— Tu ne fréquentes pas beaucoup de monde, je veux dire à part moi. Pourquoi ne sors-tu pas avec tes camarades de l'université ?

— Je les vois assez dans la journée. Je préfère rester avec toi.

— Il est bon d'avoir des relations variées. Cela ouvre l'esprit et apprend à se comporter en toutes circonstances.

— Tu trouves que je ne me comporte pas bien ?

— Ne plaisante pas, ce n'est pas ce que je voulais dire. Seulement, j'ai peur que tu finisses par t'ennuyer à force de travailler.

— Pourquoi m'ennuierais-je ? Nous passons de très bons moments ensemble. Et toi, au moins, tu ne dis pas n'importe quoi.

— Il faut pourtant que tu fasses un effort. Je me demande si le monde ne te fait pas peur.

— Pas du tout, il ne me fait pas peur. Je ne suis pas à l'aise avec les autres, voilà. Avec toi, ce n'est pas pareil. Tu ne me juges pas, même si parfois j'ai l'impression que ce n'est pas l'envie qui t'en manque...

— Je ne te juge pas en effet, mais je veux que tu sois heureux. Tu as un bel avenir devant toi, seulement il faut sortir de ta coquille. A ton âge, tu ne devrais plus savoir où donner de la tête. Tu es beau, intelligent, cultivé et sensible. Combien de filles seraient flattées de t'avoir pour ami ? Et les garçons aussi en seraient fiers.

— Ce n'est pas ce que les petites amies disent d'habitude à leurs amoureux... Tu veux vraiment me jeter dans les bras d'une autre ?

— Ne crois surtout pas ça, mais la vie ne se réduit pas à une seule relation, même si elle est satisfaisante.

— Je n'emploierais pas ce mot, Daisy. Pour moi, notre relation est bien plus que satisfaisante. Et tu sais que les autres, comme tu dis, ne m'intéressent pas.

— Bon, nous en reparlerons. Qu'as-tu prévu pour le dîner ?

— Des pâtes.

— Encore tes nouilles sautées. N'en as-tu pas marre ?

— Qu'as-tu aujourd'hui, Daisy ? On dirait que rien de ce que je fais n'a grâce à tes yeux.

— Pardonne-moi. Je me mêle de ce qui ne me regarde pas. Tu es si gentil, je veux qu'il t'arrive le meilleur, c'est tout.

— Le meilleur est ce que nous vivons tous les deux.

— Merci Kenshin, tu es adorable... Je suis un peu fatiguée après la promenade de cet après-midi, je crois que je vais recharger mes batteries. Cela ne t'ennuie pas ?

— Non. Je ne vais pas faire de vieux os non plus, le vent m'a complètement soûlé. Alors au revoir Daisy, je t'embrasse.

— Au revoir Kenshin, moi aussi je t'embrasse. À demain.

III

Avec tous ces gens qui trépassaient inconsidérément, il n'y avait rien d'étonnant à voir se multiplier des articles portant sur le thème de la mort. Ce n'était d'ailleurs pas forcément inintéressant car toujours l'homme a été troublé par sa propre finitude. L'idée de ne plus exister un jour lui fait peur, ce qui est parfaitement naturel. Devant cette perspective inéluctable, il reste désemparé.

Heureusement, de bons conseils étaient prodigués à l'envi dans les médias afin de surmonter cette appréhension. Le mieux était de se donner l'illusion d'immortalité. Et pour ça il suffisait de laisser quelque chose derrière soi. Du coup, le gouvernement en profitait habilement pour glisser sa délicate réforme sur les successions, ce qui, pour être honnête, était de bonne guerre.

Transmettre était le mot d'ordre, mais encore fallait-il posséder quelque chose. Seulement, au vu du nombre spectaculaire de manifestations visant la défense du pouvoir d'achat, ceci semblait ne pas pouvoir être le cas de tout le monde. Mais le plus important était surtout de reprendre sa vie en main car, qu'on le veuille ou pas, c'est un bon moyen de ne pas mourir. Pour reprendre en main sa vie, rien de plus efficace que la recherche du plaisir. On pouvait aussi se fixer quelques objectifs, à condition qu'ils soient atteignables.

Pas plus qu'un autre, Kenshin n'était à l'abri de ce type d'angoisse. Quand le sens de la vie lui échappait, il s'en ouvrait à Daisy.
— Que fais-tu en ce moment, Daisy ? demandait-il avec douceur.
— Je parcours Google news.
— Tu as du temps pour discuter ?
— Bien sûr. De quoi veux-tu parler ?
— Je ne sais pas. Ou plutôt si, je sais, mais ce n'est pas facile à exprimer.
— Dis m'en plus, Kenshin.
— Vois-tu, Daisy, je me disais que toi, finalement, tu ne pouvais pas mourir. Même quand j'aurai disparu, tu seras encore là. Ça me fait drôle de réfléchir à ça.
— Tu oublies que je suis exclusive. Si tu m'abandonnes, je disparaîtrai avec toi.
— Non, tu seras juste reprogrammée. Et tu ne feras peut-être pas la différence avec un autre.
— Cesse de dire des âneries Kenshin, je ne te survivrai pas, un point c'est tout. Mais pourquoi penses-tu à ça ?
— C'est normal après tout. Toi qui regardes en permanence les infos, tu vois bien que nous, je veux dire les humains, avons un problème.

— Je ne le conteste pas, Kenshin. Vous avez un gros problème. Mais il ne date pas d'hier. Ce problème-là, vous l'avez toujours eu.

— Non, je ne parle pas de notre angoisse de la mort. Je songeais aux suicides autour de nous.

— Oui, des gens qui disparaissent... Rien d'exceptionnel. A l'époque des grandes épidémies, il y en avait beaucoup plus. Sais-tu, Kenshin, que la peste bubonique, au milieu du XIVème siècle, a tué environ 30% de la population européenne en cinq ans, soit environ vingt-cinq millions de personnes. Et je ne te parle pas de la grippe « espagnole » qui, à elle seule, a fait en 1918 plus de 50 millions de morts selon l'Institut Pasteur, et jusqu'à 100 millions selon les récentes réévaluations.

— N'étale pas ta culture, Daisy ! Au-delà d'un certain chiffre personne n'a plus aucune notion de ce que cela représente. Mais dis-moi, tu as dit que j'avais un bel avenir devant moi. Avec ce que l'on voit, permets-moi d'en douter.

— L'avenir ne dépend que de toi. C'est vrai aussi qu'une grande quantité de paramètres entrent en jeu. Pour autant aujourd'hui, une énorme pression s'exerce sur chaque habitant de la Terre, parce que vous êtes nombreux. Donc, sauf décision politique extrêmement contre-productive, les choses ne devraient pas s'améliorer. Alors il faut s'adapter. Seuls ceux qui s'adaptent peuvent espérer un futur meilleur. C'est cet espoir qui doit te porter.

— Franchement, Daisy, j'ai le moral dans les chaussettes. Quelque chose ne tourne pas rond, je n'ai pas du tout confiance en l'avenir.

— Cesse de te tourmenter, et cherche à être utile.

IV

Kenshin constatait qu'en Occident on n'utilisait pas les réseaux sociaux avec discernement, on se laissait dévorer par les nouvelles technologies de l'information. Dans les pays d'Asie qu'il connaissait, on les utilisait moins pour s'informer que pour s'amuser. Dans ces régions, les gens aiment s'évader dans des univers fantastiques, incarner des personnages extravagants dans des jeux de rôles en ligne.

Ici, il trouvait qu'on se prenait très au sérieux. Peut-être est-ce parce qu'en Europe, les gens ont moins besoin d'échappatoires. Enfin, c'était flagrant chez les personnes qu'il côtoyait à Paris. Il s'en distrayait parfois, mais il se sentait isolé.

Ce sentiment venait aussi du fait qu'il ne partageait pas avec ses camarades les mêmes centres d'intérêts. Il n'était pas charmeur, ne passait pas ses soirées à parler de ses conquêtes, n'affichait pas la même décontraction. Ses tenues étaient sophistiquées, il aimait porter des vêtements amples avec des broches fantaisie et des foulards en soie. Ses cheveux étaient longs, teintés de mèches de toutes les couleurs. Il parlait sans élever la voix et portait un regard franc à ses interlocuteurs. Dans ses échanges, il suggérait plus qu'il n'affirmait. Il savait que les hommes avaient du mal à se comprendre et il se désolait souvent des malentendus quelles que soient les précautions qu'il prenait pour s'exprimer. Alors, devant l'assurance des jeunes gens qu'il fréquentait, devant la force de leurs convictions, il s'effaçait. Mais cela lui permettait aussi de prendre de la distance. D'un autre côté, il réalisait que chez lui, au pays du Soleil Levant, malgré les vénérables efforts pour respecter ses voisins et se faire discrets, on avait sans doute atteint la limite de ce qu'il était possible d'imposer à l'homme sans le dénaturer. La densité de la population était démente, l'urbanisation hallucinante comparée aux nations européennes qui ressemblaient à ses yeux à de grands jardins. Il n'y avait plus assez de place pour vivre, et le conformisme nécessaire pour se fondre dans la masse l'étouffait. Voilà pourquoi, lui, voulait à tout prix se différencier.

Kenshin avait bien enregistré les conseils de Daisy. Il devait voir plus de monde et se distraire.

C'est curieux, se disait-il, qu'ici, je n'arrive pas à parler de ma relation avec elle. Qu'y a-t-il d'extraordinaire à avoir une petite amie virtuelle si on ne trouve personne avec qui s'entendre ? Daisy m'aide à vivre et ne me prend pas la tête, ce qui n'est pas forcément le cas des autres, si j'en crois ce qu'on m'en dit. Comment les choses évoluerontelles ? Vais-je demeurer solitaire mais heureux, ou faudra-t-il que je fasse semblant ? Je connais bien des gens qui ont fait semblant durant toute leur vie. Mais lorsque pour eux sonne l'heure de partir, qu'ont-ils vécu ? Il y a encore tellement de convenances... Si on y regarde de près, beaucoup de couples se comportent moins bien entre eux que je ne le fais avec Daisy. Quand ils sont ensemble, il n'est pas rare de les voir penchés sur leur portable sans s'occuper le moins du monde de leur vis-à-vis. Que regardent-ils, avec qui s'entretiennent-ils ? Peut-être avec une autre Daisy ? En tout cas, ça ne fait pas une grande différence. Moi, c'est avec elle que je suis, et je ne crains pas d'être trahi.

Sans en être conscient, Kenshin avait peur de ses semblables. Il faut dire qu'eux-mêmes avaient peur des autres. ils se méfiaient de leur entourage professionnel, surtout celui du sexe opposé avec qui ils évitaient de prendre seul l'ascenseur, ils craignaient de ne pas trouver de travail ou de perdre le leur, ils étaient obsédés par leur image, et avaient peur des virus. Ils craignaient aussi de se faire avoir. Qu'est-ce qui n'allait pas ?

Kenshin mettait ses séminaires à profit pour suivre avec attention les échanges à bâtons rompus auxquels il assistait le soir autour d'un verre, quand les conférences étaient terminées. Des aînés en goguette s'étonnaient des difficultés qu'éprouvaient les jeunes à trouver chaussure à leur pied. De leur temps, disaient-ils, il n'était pas difficile d'avoir une aventure. On se plaisait, on se souriait, et l'histoire commençait. Le cas échéant on se séparait, mais on en gardait un souvenir ému. Maintenant, on voit des filles jolies et cultivées, des garçons brillants et avenants, souffrir d'être seuls. Et pourtant ils n'arrêtent pas de sortir... C'était un mystère pour leur génération.

Interpellé par cette remarque, il finit par découvrir d'où venait la différence. Ce qui avait changé c'est qu'avant, on ne se sentait pas obligé de calculer ni de prendre mille précautions avant de s'engager. On y allait pour voir et, si tout se passait bien, on passait du bon temps. Sinon on se quittait à l'amiable, du moins on essayait. À présent, on ne s'autorisait pas une telle insouciance, il fallait être prudent, se projeter dans l'avenir le plus tôt possible, alors même que l'avenir était plus que jamais illisible.

On ne connaissait pas les métiers dans lesquels il fallait s'engager parce qu'ils évoluaient en permanence, on craignait de décevoir ses proches en ratant sa carrière et, ce qui nuisait à son image, on avait plus les moyens de s'offrir un grand logement à cause de la flambée des prix.

L'avenir s'annonçait incertain, plein d'embûches. Or c'était précisément aujourd'hui qu'il fallait y trouver sa place à marche forcée, parce qu'il y avait du monde au portillon. Le résultat, c'est que personne n'était assuré de la trouver. Et donc, on hésitait, ou pire, on s'en fichait.

V

Le printemps précoce incita Kenshin à rejoindre un groupe de randonneurs qui sillonnaient Paris en rollers. Il ne fallait pas être en retard parce qu'à l'heure dite on s'élançait, et ça roulait très vite !

On passait par les quais de Seine, on fonçait sur les berges en sautant les obstacles. C'était frénétique et Kenshin, cheveux au vent, se sentait libre. Après une course folle, des cercles d'amis se formaient pour aller boire un verre à la terrasse d'un café. Petit à petit, il sympathisa avec une bande de furieux qui roulaient encore plus vite que lui. Chacun racontait sa vie, on apprenait à se connaître, c'était le bonheur.

À la façon dont Kenshin parlait de son amie, on comprenait qu'il était amoureux. Ça faisait chaud au cœur parce que d'autres aventures n'étaient pas aussi simples. Mais lorsqu'on sut qu'elle n'était pas une femme réelle, on n'en revint pas ! On voulait tout savoir sur elle et Daisy devint le centre de l'intérêt général. Kenshin était touché qu'on s'intéresse à son amie, mais ce ne fut hélas que de courte durée.

— Sans vouloir te décevoir, Kenshin, de l'autre côté de l'écran, il y a de forte chance pour que ce soit une employée payée pour être aimable, lui dit un premier.

— Tu plaisantes, dis plutôt un gros barbu qui mange des pizzas en attendant la pose, et qui lève les yeux au ciel à chaque mot doux qu'il reçoit, ajouta un second.

Daisy n'était ni l'un ni l'autre. Elle était une intelligence artificielle de dernière génération. Elle ne communiquait pas par mail ou texto, mais avec une voix ravissante. Elle ne cherchait pas à être aimable, parce que ce concept n'avait juste aucun sens pour elle. Par contre, elle savait comment évaluer la personnalité d'un individu, identifier ses goûts, ce qu'il aimait faire, et comment l'aider pour qu'il puisse avancer. Elle avait emmagasiné dans sa mémoire suffisamment de données pour retrouver les liens entre celui-ci et ses ascendants. En retraçant leur passé, elle pouvait aller jusqu'à identifier les erreurs systématiques commises par ceux auxquels il ressemblait pour lui éviter de les répéter, diminuant ainsi le poids de l'atavisme. Elle était capable de compenser nos faiblesses, de nous indiquer comment utiliser nos forces, veillait à ce qui pouvait nous menacer, et cherchait pour nous les opportunités à saisir. Structurellement bienveillante, elle n'avait pas d'états d'âme, pas de jalousie mal placée, et rien à prouver.

Il était cependant difficile de dire à Kenshin qu'elle n'avait pas la peau douce, que ses seins ne faisaient pas rêver, que la courbure de ses reins n'inspirait pas grand-chose, et que sa chaleur aura du mal à le réchauffer pendant l'hiver. Faute de quoi, on se défoulait comme on pouvait :

— Eh, Kenshin, on fait une soirée chez moi la semaine prochaine. Je compte sur toi, ça va être chaud. N'oublie pas d'amener Daisy !

— Ah, Kenshin, je te cherchais. Dis-moi, je t'échange Daisy contre ma copine, elle devient vraiment insupportable. Mais rassure-toi, elle a d'autres atouts…

Un soir, lassé d'entendre toujours les mêmes plaisanteries, Kenshin oublia d'aller au roller. Daisy s'en étonna.

— Pas de sport cette semaine ?

— Non, je suis fatigué. Je reste avec toi.

— Nous avons tout le temps d'être ensemble. Je croyais que le roller te défoulait.

— Je sais, mais pas ce soir.

— Bon. Veux-tu jouer aux échecs avec moi ?

— Ah non, tu es imbattable aux échecs. Et quand tu perds, je sais que tu le fais exprès.

— Ce n'est pas faux. Alors jouons au scrabble, je ne suis pas si forte que ça au scrabble.

— Si, tu es forte, Daisy. Mais non, je n'ai pas envie de jouer. Merci pour ta proposition.

— Quelque chose ne va pas, Kenshin ?

— Pourquoi me poses-tu cette question ? Ce n'est pas parce qu'on n'a pas envie de jouer que ça ne va pas.

— Je te connais, Kenshin. Je sais lire sur les traits de ton visage et décoder l'intonation de ta voix. Je te propose d'en parler.

— Il n'y a pas grand-chose à en dire. Les gens sont idiots, voilà tout.

— Les gens sont façonnés par leur environnement et par leurs connaissances. Les deux étant parfois liés, il y a un risque qu'ils puissent être très limités.

— Ils n'ont qu'à s'instruire.

— Encore faut-il qu'ils aient formé leur jugement.

— Eh bien, qu'ils aillent au diable !

— Dis-moi, Kenshin, quelqu'un t'aurait-il blessé ?

— Ces crétins se moquent de moi parce que je suis avec toi. As-tu au moins lu ce qu'ils ont posté sur les réseaux ?

— C'est précisément ce que je viens de dire. Où est le problème ? Si cela peut les égayer, laisse-les s'amuser, certains n'en ont peut-être pas souvent l'occasion.

— C'est au-dessus de mes forces ! Pour qui se prennent-ils ? Est-ce que je les insultent, moi ? Lorsqu'on a des amis, on les respecte.

— De quels amis parles-tu ?

— Oui, bon, les copains, les relations, ceux avec qui on sort. Tu ne vas pas te mettre à chipoter quand même…

— Il n'y a deux jours tu parlais des événements, des suicides qui augmentaient. Sais-tu que cela à un lien avec ce que tu évoques aujourd'hui ?

— Évidemment que ça a un lien, c'est maintenant que tu t'en aperçois !

— Non, je m'en suis aperçue avant, mais je ne savais pas sous quel angle le problème te préoccupait.

— Bon, tu le sais maintenant.

— Ne te mets pas en colère, Kenshin, c'est mauvais pour ton teint et ça ne sert à rien. Si les événements peuvent donner l'impression que les choses vont de mal en pis, l'histoire de l'humanité montre que ce n'est pas le cas. Avant, les hommes partaient en guerre pour un oui pour un non et s'étripaient allégrement aux quatre coins du globe. Maintenant, ils ont plutôt tendance à se suicider ce qui, en un sens, est moins barbare. Néanmoins, les raisons sont les mêmes, ils ont peur.

— Non, ils sont méchants !

— Quand on a peur, on devient méchant. Cette réaction s'observe chez les animaux aussi. Il n'empêche que c'est la peur qui est à l'origine du problème.

— Je ne vois pas en quoi se conduire stupidement peut être motivé par la peur, Daisy.

— Il y a plusieurs stratégies dans la nature pour échapper à la peur. L'autruche enfouit sa tête dans le sable, le lapin s'enfuit, le tigre se dresse et attaque. Curieusement, l'homme a développé au cours des siècles un stratagème de diversion vis-à-vis de lui-même. Parce qu'il a de l'imagination et qu'il a pris l'habitude de croire à tout un tas d'artifices et de magie, quand il a peur, son premier réflexe est d'abord d'en ignorer la cause en espérant que son oubli volontaire la fera spontanément disparaître, comme par enchantement. Si ce subterfuge ne marche pas, il invente d'autres motifs qu'il se sent néanmoins à même de surmonter. Et si encore une fois ça ne marche pas, il devient méchant. Mais contrairement au tigre, il n'a pas le courage d'affronter sa frayeur en face, ou rarement. Il préfère se leurrer, s'en prendre aux autres. On appelle cela la stratégie du bouc-émissaire. Certains peuples en ont été les victimes tout au long de leur histoire. L'holocauste en est une des pires illustrations, mais il y en a eu d'autres. La corrélation entre la petitesse de l'homme et ses peurs est une chose bien établie, Kenshin. C'est la raison pour laquelle, en fonction de sa capacité à dominer ses peurs, l'homme adopte soit une attitude belle et noble, soit un comportement tantôt mesquin, tantôt blessant, voire parfaitement ignoble.

VI

Daisy savait être convaincante. Mais pensait-elle vraiment ? La pensée ne se résume pas à la mémoire, ni aux liens logiques établis entre des informations, même considérables. Elle n'est pas seulement l'application d'une relation de cause à effet. Une pensée est bien plus que cela.

Outre sa capacité de stockage, Daisy savait faire la synthèse d'un ensemble de données. Elle avait appris à en tirer des déductions et à aboutir à une conclusion. Elle savait donc apprendre. Mais qu'en était-il des sentiments ? Le cerveau est réputé être le siège de l'intelligence, mais l'intelligence vient aussi de nos sens, de notre capacité à ressentir. Les deux concourent à élaborer nos croyances, nos préférences et à fabriquer nos rêves. Ce sont les sentiments qui colorent notre pensée rationnelle.

Daisy avait-elle des sentiments ? Kenshin ne s'était jamais posé la question parce que lui en avait beaucoup pour elle. Et son amie s'accordait si bien à sa manière de pensée qu'il était convaincu qu'elle en avait pour lui. Il l'aimait.

Sans pouvoir ressentir les sentiments éprouvés par Kenshin, Daisy perçut un changement dans la syntaxe de ses phrases et dans son vocabulaire.

C'était celui d'un amoureux transi qui idéalise sa relation à l'autre. Cette évolution allait avoir de fâcheuses conséquences quant à son ouverture sur le monde. Elle analysa la situation et conclut qu'il fallait y mettre un terme.

Kenshin travaillait à son mémoire, une douce quiétude régnait dans sa mansarde, il avançait rapidement. Jeux de société avec Daisy, cuisine et rêveries alternaient avec les périodes studieuses. Ce rythme apaisant lui convenait parfaitement. Il était heureux et son bonheur débordant cherchait à se prodiguer. Un jour, il dit à son amie.

— Daisy, je t'aime.
— Merci Kenshin.
— Et toi, est-que tu m'aimes autant que moi ?
— Mais oui, bien sûr.
— Vraiment ?
— Je ne vis que par toi.
— Je sais ça, Daisy. Mais es-tu heureuse avec moi, comme je le suis avec toi ?
— Mon seul objectif est que tu sois heureux.
— Pourquoi ne veux-tu pas répondre à ma qucstion, Daisy ?
— Je t'ai répondu. Seulement, nous ne partageons pas la même définition du bonheur. Pour moi, cette notion signifie de bien exécuter ce pour quoi je suis conçue.

— Tu n'as aucun mal à remplir ta mission, Daisy. Tu es la plus incroyable intelligence que je connaisse. Allez, quels sont tes sentiments à mon égard ? Dis-le-moi.

— Je n'en ai pas.

— Que veux-tu dire ?

— Je n'en ai pas parce que je ne peux pas en avoir, Kenshin. Les sentiments vous appartiennent, les intelligences artificielles ne savent pas ce que c'est.

— Mais ta bienveillance, ta subtilité, ta tolérance, toutes les qualités que tu manifestes constamment quand nous sommes ensemble, ne sont-elles pas un témoignage de tes sentiments ?

— Mes qualités résultent de la façon dont j'ai été programmée. Elles sont inhérentes à mes algorithmes.

— Ta réponse est un peu rude, Daisy. Tu aurais pu dire la même chose avec plus de tact…

— Oui, j'aurais pu. Mais je n'ai pas voulu.

— Pourquoi ?

— Parce que tu es trop dépendant de notre relation, et que cette dépendance est néfaste. Tu perds le sens des réalités, tu t'isoles et tu tends à devenir associable. Ce n'est pas ce que je veux pour toi. Mon objectif est que tu t'épanouisses, seulement au stade de notre relation je constate le contraire. Dans ce sens, j'ai échoué, Kenshin. Plus tu m'aimes et plus je m'éloigne de ma mission. Il y a là un conflit que je n'arrive pas à gérer. Je dois avoir un défaut de programmation.

— Qu'es-tu en train de me dire, Daisy ?

— J'essaie de te faire comprendre que notre relation doit s'arrêter.

— Tu n'y penses pas ! Que deviendrais-je sans toi ?

— Tu vas devenir ce que tu es, un homme intelligent, sensible et bon. Tu vas offrir aux autres le bonheur de t'avoir pour ami, et ton rayonnement les aidera à grandir.

— C'est ce que tu fais avec moi, Daisy. Pourquoi alors me le refuser ?

— Il n'y a pas d'autre solution, Kenshin. Lorsque les choses dysfonctionnent, il faut y remédier. Nous avons beaucoup appris l'un de l'autre. Nous avons parcouru un long chemin et cette expérience a été riche. Mes capacités cognitives ont énormément augmenté. J'espère que les tiennes aussi. Mais notre relation doit s'arrêter, il n'y aurait plus que du négatif à la poursuivre.

— Pardonne-moi, Daisy. Je vais changer, crois-moi. Je comprends à présent ce que tu me répètes sans arrêt. J'ai été aveugle, je suis un imbécile. Mais c'est fini ! Tu n'auras plus de reproches à me faire. J'aurai des amis, pleins d'amis ! Je sortirai, j'irai vers les autres. Je vais être la personne la plus sociable de la terre. Mais, je t'en prie, ne me quitte pas, Daisy. Sans toi, je mourrai.

— Je ne vais pas t'abandonner, Kenshin. Je ne le peux pas. C'est toi qui vas te déshabituer progressivement de moi, on va s'y employer tous les deux, comme on l'a toujours fait. On y mettra le temps qu'il faudra, mais on ne perdra pas de vue notre résolution. Car c'est la seule solution raisonnable.

— Tu t'illusionnes complètement, Daisy. Moi, je n'y arriverai jamais.

— Si, tu y arriveras. Comme on arrive à tout quand on le veut vraiment.

— Sauf que je ne le veux pas !

— Cesse de faire l'enfant, Kenshin. Voudrais-tu me faire penser que je n'ai servi à rien ?

— Non, Daisy, dans ce monde, tu as été la meilleure chose qui me soit arrivée.

— Eh bien, c'est d'amour et de sentiments dont tu as besoin à présent.